FLAMMENSPIEL

⟨⟨ Geschichten über das heiße Element ⟩⟩

Sammelband

AF176770

⟨⟨⟩⟩

Über das Buch

Alles begann mit einem verregneten Sommer. Damals wurde das Projekt „Jahrhundertflut" geboren, eine Anthologie rund um das Element Wasser. Es erschien uns, einer Kölner Autorengruppe mit fluktuierender Besetzung, nur konsequent, sich auch den anderen Elementen zu widmen. Wasser, Feuer, Luft und Erde – ohne sie gibt es kein Leben. Der Mensch machte sich die Elemente zunutze und so entstand Fortschritt. Mit dem Feuer kam Wärme, Licht, Sicherheit und besser verträgliche Nahrung. Man sammelte sich um Feuerstellen, es entstand Nähe und Gemeinschaft. Und in der Gemeinschaft köcheln die Konflikte. Für sich genommen kann das Feuer eine Waffe sein, doch in uns brennt es vielfach noch heißer. Dreizehn Geschichten vom Feuer der Liebe, Leidenschaft, Lust, Begeisterung, Verzweiflung, Wut und Wandlung.

FLAMMEN SPIEL

Geschichten über das heiße Element

von Ingmar Ackermann, Norbert Görg, Angela Hoptich,
Oliver Kreuz, Anna Rudy, Nina Weber und Katja Winter

Impressum
Flammenspiel – Geschichten über das heiße Element
Anthologie-Reihe „Elemente", Buch 2

Köln, 2018 © Ingmar Ackermann, Norbert Görg,
Angela Hoptich, Oliver Kreuz, Anna Rudy,
Nina Weber, Katja Winter

Gestaltung: www.coverboost.de
Bildmaterial: C. Gornik, pixabay
Herstellung und Verlag:
BoD – Books on Demand, Norderstedt
Bibliografische Daten über dnb.dnb.de abrufbar.

ISBN 978-3-75283-253-2

Inhalt

FLAMMENSPIEL

Anna Rudy
ICH SEHE DEIN LÄCHELN

Plopp.

Plopp.

Stille.

Dann wieder schnell: Plopp, plopp, plopp.

Der Wasserhahn tropft. Die kleinen Wasserkügelchen bilden sich, lassen sich von der Schwerkraft schwängern und stürzen mit hartem Schlag in das Waschbecken.

Plopp.

Plopp.

Plopp, plopp, plopp.

Draußen regnet es. Die Regentropfen trommeln am Fenstersims und bitten meinen einsamen Wasserhahn um eine musikalische Untermalung, halten den Beat.

Der Himmel ist grau. Die Vorhänge im Zimmer sind grau. Auf meinen grauen Haaren liegt ein schwarzes Tuch.

Du lächelst mich an, aus dem schwarz umrandeten Fotorahmen, mit deinem ewig jungen Lächeln.

„Hast du Feuer?", fragst du mich.

Ich bin vor einigen Monaten aus der elterlichen Obhut geflohen, bin Studentin und feiere meine Unabhängigkeit. Ich rauche nicht. Noch nicht.

„Hast du Feuer?", frage ich dich barsch zurück.

„Ich rauche nicht", sagst du völlig unlogisch und lächelst.

„Ich auch nicht." Ich lache zurück – zurück in dein Lächeln, das mir sofort sympathisch ist.

Wir quatschen eine Weile und gehen dann schließlich zu dir. Wir schlafen in dieser Nacht getrennt: ich auf deiner Couch, du auf dem Boden, komisch gekrümmt, wie ein überdimensionaler Fötus. Erst als ich dich morgens so entdecke, gehe ich zu dir. Wir lieben uns auf dem harten Boden, dann auf der Couch, dem Fenstersims, unter der Dusche.

„Hast du noch Feuer?", frage ich keuchend.

Du, mit schwarz umrandeten Augen, schweratmend: „Ich habe Feuer!"

Den Rest des Tages verbringen wir verflochten wie siamesische Zwillinge.

So leben wir das erste Jahr durch, zusammengeschmolzen von der Flamme, die in uns brennt.

Mein Studium gerät ins Stocken, dein Diplom will nicht werden, wir können uns einfach nicht trennen. Du hast Angst, dass ich verschwinde, wie eine Rauchwolke, und lässt meine Hand nie aus deiner gleiten. Und wenn das zufällig passiert, greifst du schnell nach ihr wie ein Blinder nach dem Gehstock.

Ich versuche erst gar nicht, meine Hand wegzuziehen. Weggerannt von den Eltern, träumend von der Unabhängigkeit, binde ich mich an dich mit den dicken Ketten meiner Liebe. Ich empfinde sie aber als leicht wie Federflügel.

Nach dem ersten Jahr geht das zweite vorbei, nach dem zweiten das dritte. Du lässt meine Hand öfter fallen. Ich wünsche mir, du hättest wieder solche Angst, mich zu verlieren. Aber du bist jetzt satt, jetzt brennt es nicht mehr, es glüht nur. Du schläfst wieder allein auf deiner Couch, ich auf meiner. In einem anderen Stadtteil. Wir sehen uns selten. Du hast einen Job und willst Karriere machen. Ich schreibe mein Diplom und will dich haben. Meine federleichten Liebesketten werden jeden Monat schwerer. Ich versuche es zu verheimlichen, ich will stark und unabhängig sein. Auch ich will Karriere machen. Ich will niemals wie meine Mutter enden – zuhause, reduziert auf die Rolle der Ehefrau und Mutter. Ein Opfer des Patriarchats. Du schmunzelst, wenn ich darüber rede, als ob du hinter meinen Wörtern die verborgenen Liebesketten siehst.

Du ziehst in eine andere Stadt wegen eines neuen Jobs, ich ziehe in ein anderes Land für ein neues Studium. Du hast eine Andere, ich habe einen Anderen. Du heiratest und bekommst Kinder. Ich schreibe meine Doktorarbeit und bekomme ein Magengeschwür.

Nach zehn Jahren sehen wir uns auf einem Symposium in einem völlig fremden Land und drehen durch.

„Hast du Feuer?"

„Hast du immer noch Feuer?"

Drei Tage lang verlassen wir dein Hotelzimmer nicht. Du hältst meine Hand in deiner und hast wieder Angst, sie zu verlieren.

„Warum hast du mich nicht geheiratet?", frage ich.

„Du wolltest es nicht", sagst du.

„Du hast mich nie gefragt."

„Du hättest ‚nein' gesagt. Du wolltest nie wie deine Mutter enden."

„Was weißt du schon über meine Mutter …"

Unsere von der Ewigkeit geraubte Zeit ist vorbei. Du fährst zu deiner Familie, ich zu meinen Studenten. Eine Woche später stehst du vor meiner Tür. Mit deinem Koffer und unserem neuen Leben in der Hand.

Wir schlafen die nächsten 20 Jahre zusammengeflochten, bis du mich nachts verlässt, ohne aufzustehen. Deine tote Umarmung ist stark und kalt, du klammerst dich fest an meine Hand, die genauso eisig wird wie du selbst. Du hast mich wieder verlassen.

„Was erlaubst du dir? Wer gibt dir das Recht, mich so zu behandeln? Ich kann es einfach nicht fassen!"

Ich schlage deine Brust, ich ohrfeige dein totes Gesicht.

„Was soll ich jetzt machen, ohne dich? Alleine! Wer soll mich jetzt halten?"

Ich umarme deinen steifen Körper. Du liegst auf der Seite, wie ein überdimensionaler Fötus. Ich lege mich zu dir, in unsere gewohnte Schlafposition, und hülle uns in die Bettdecke, damit du nicht frierst. Ich will nicht mehr aufstehen.

Am fünften Tag kommt der Krankenwagen und holt uns ab. Dich ins Kühlhaus, mich in die Nervenklinik. Nach zwei Monaten kehre ich in die leere Wohnung mit dem tropfenden Wasserhahn zurück.

Auf dem Wohnzimmertisch steht dein Porträt aus unseren Studienzeiten. Ich setze mich davor auf den Stuhl. Neben dem Porträt steht eine Kerze, liegt eine Streichholzpackung.

Deine Kinder haben dieses Bild aufgestellt. Sie haben deine Beerdigung organisiert, unsere Wohnung aufgeräumt, mich aus der Klinik abgeholt. Sie haben dein Lächeln in einen schwarzen Rahmen gepresst, das Foto aus unserer Jugend ausgesucht, als ob wir nicht das ganze Leben zusammen verbracht hätten. Du schenkst dein junges Lächeln meinem alten, grauen Gesicht.

Es herrscht Stille und das Regentropfenkonzert.

Während ich in der Klinik war, haben sich deine Kinder um alles gekümmert. Sie ließen dich in eine enge, hölzerne Kiste stecken und die Kiste in einen passenden Ofen. Deine Kinder haben dich verbrannt. Sie ließen es machen, weil das in deinem Testament stand. Ich habe nie mit dir über den Tod geredet, aber ich glaube deinen Kindern nicht.

Sie haben es getan, weil sie sich rächen wollten.

Du hast sie verlassen. Sie haben dich verbrannt.

Ich habe dich gestohlen. Sie nahmen dich mir weg.

Ich habe dein Grab gesehen, du bist nicht dort. Du gingst in Flammen auf. Du bist verschwunden, wie eine Rauchwolke. Du bist weggehuscht, geflogen. Ich konnte dich nicht festhalten. Meine lebenslangen Liebesketten sind bleischwer geworden und lasten auf meinen Schultern. Du warst mein Lebensmotor, gabst mir Energie. Ich kann dieses Gewicht alleine nicht aushalten.

Plopp, plopp, plopp.

Die Wassertropfen hören nicht auf. Draußen wird es dunkel. Ich kann dein Gesicht nicht mehr sehen. Ich ziehe die Streichholzpackung zu mir herüber und zünde ein Streichholz an, um die Kerze neben deinem Porträt leuchten zu lassen. Die Flamme holt dein Lächeln aus der Dunkelheit.

Das Streichholz brennt lange in meinen Fingern, bis es sich krümmt und verkohlt. Ich puste es aus, um meine Finger zu schützen. Ich lege die schwarze, tote Holzleiche neben dein Porträt und hole ein neues aus der Schachtel. Ich streiche es schnell an und sehe, wie eine Rauchwolke entflieht und die Flamme gierig das Holz verschlingt. Deine Seele ist schon lange weggeflogen, dein Körper wurde von Flammen verkohlt und verkrümmt. Ich hole das nächste Streichholz, zünde es an und warte, bis die Flamme hochklettert. Sie steigt empor und erreicht fast meine Fingerkuppen.

Ich zucke zusammen und das glühende Holz fällt zu Boden. Es glimmt noch eine Zeit lang und stirbt. Ich greife schnell ein neues Streichholz, streiche es, zünde es an. Dein Gesicht leuchtet wieder auf. Feuer hat etwas Feierliches an sich.

Ich hole eine Zeitung aus dem ungelesenen Stapel, mache ein Rohr daraus und zünde es an. Diese Fackel schwenke ich vor dem Fotorahmen. Die tanzenden Funken wabern über dein Gesicht und machen dich wieder lebendig.

„Hast du immer noch Feuer?" Ich zwinkere dir zu. „Schau mal! Ich habe hier Feuer! Los! Wir machen uns ein Feuerwerk!"

Ich werfe meine selbstgebastelte Fackel einfach hinter mich.

„Ha-ha! Das ist total lustig! Hast du gesehen?" Ich hole die Streichhölzer aus der Packung.

„Weiß du, wie wir gespielt haben? Draußen auf der Wiese? Wer kann am weitesten Streichhölzer schießen?"

Ich stelle die Packung auf die Seite und presse ein Streichholz mit dem linken Zeigefinger fest. Es steht jetzt senkrecht auf der Streichseite. Jetzt schnippe ich es schnell mit zwei Fingern der Rechten weg. Das gelingt mir zunächst nicht. Die Streichhölzer wollen nicht richtig aufflackern. Die kleinen Feuerflämmchen bilden sich und sterben gleich danach. Aber Übung macht den Meister.

Stellen, drücken, schießen. Stellen, drücken, schießen. Bald fliegen die angezündeten Streichhölzer weit. Stellen, drücken, schießen. Stellen, drücken, schießen. Die Streichhölzer schwirren wie kleine, flammende Insekten und beißen alles, was sie erreichen: Vorhänge, Couch, Kommode. Die Vorhänge wehren sich zunächst wie schüchterne Jungfrauen, dann legen sie ihre Scheu ab und geben sich der heißen Sache hin. Feuer springt mit voller Leidenschaft auf sie zu.

Schmatz!

Die ganze Fensterseite steht in Flammen.

Der Funke springt von den Vorhängen auf die Couch, es schmeckt ihm immer mehr und mit einem Schub breitet die Flamme sich aus. Jetzt brennt es überall. Es knistert und knirscht und die Wassertropfen halten endlich das Maul!

„Feuer! Feuer! Ich habe auch Feuer, hörst du mich! Ich kann es auch!"

Ich sehe dein Lächeln. Das Feuer, das ich entfesselt habe, gefällt dir. Du bist nicht weggeflogen, du bist immer noch bei mir. Die Flammen tanzen ihren wilden Tanz und sind unersättlich. Sie fressen sich durch die Kommode, verschlingen Bücher, eines nach dem anderen, verlangen in wilder Umarmung die Couch.

„Feuer! Ich habe Feuer!"

Die ganze Wohnung steht in Flammen. Sie sind ganz hoch und umkreisen mich. Die Luft wird dick, ich muss husten. Durch den Rauch kann ich dein Gesicht nicht mehr erkennen.

„Nein, nein. Das wollte ich nicht. Ich muss hier raus."

Ich mache mich auf den Weg zum Ausgang. Aber ich sehe nichts. Die dicken Schwaden sind überall. Ich weiß nicht mehr, wo der Ausgang ist. Die furchtbare Angst schnürt meine Kehle zu.

„Hil-fe! Hiiel-feee!"

Etwas kracht und Tausende Funken blitzen vor meinen Augen auf.

Angela Hoptich

DAS UNERWARTETE FEHLEN
VON VANILLEKIPFERLN

I.

Wie Honig, der von einem Löffel troff, zähflüssig, langsam, aber geschmeidig, verließ mein Bewusstsein die wirkliche Welt und landete sanft in meinem Gedankenhaus. Sofort hüllte mich der süßliche Duft von Plätzchenteig ein – und wunderbare Stille.

Nun gut, ein Rest meiner Aufmerksamkeit blieb in der Realität zurück – genau so, wie ein Rest vom Honig auf dem Löffel kleben blieb. Reiner Selbsterhaltungstrieb. Im Hintergrund arbeitete mein Gehirn alle Gefahrenschutzpläne ab, die die Natur eingebaut hatte.

Der Großteil meines Bewusstseins befand sich jedoch nun in Omalindes Küche. Ich atmete das Aroma von Vanille, Butter und Zucker tief ein, das sich mit einem Hauch Bittermandel und Kakao mischte. Ein, zwei, drei Atemzüge und es ging mir besser. Die Küche war leer, aber ich hörte das leise Summen meiner Oma. „Zwei kleine Italiener", das war ihr Lied. Sie hatte es mir stundenlang vorgesungen, und wenn ich mich anstrengte, konnte ich heute noch jede Zeile mitsingen.

Ich ging zum Tisch. Sicherlich stand dort bereits ein Teller mit Vanillekipferln für mich bereit – wie jedes Mal, wenn ich in die Küche kam. Der alte Holzstuhl wie auch der Tisch waren sehr hoch. Ich konnte nicht über die Tischkante gucken. Routiniert kletterte ich auf die untere Querstrebe des Stuhls und zog mich an der gedrechselten Lehne auf die mit rotem, weiß gepunkteten Stoff bezogene Sitzfläche hoch.

Da stand er, der Plätzchenteller. Mitten auf dem Tisch neben der Fliegenpilz-Zuckerdose. Die Tischplatte schien zu wachsen, als ich meinen Arm nach der süßen Versuchung ausstreckte. Der Teller rückte von mir weg, je weiter ich mich über den Tisch beugte. Das Grinsen der Vanillekipferl verspottete mich.

Plötzlich klirrte etwas neben dem Tisch.

Aus Versehen hatte ich einen Kuchenteller hinuntergestoßen. Die Dinger waren aber auch wirklich unsichtbar. Wer stellte rotweiß gepunktete Teller auf eine rotweiß gepunktete Tischdecke? So etwas machte nur Omalinde. Alles bei ihr war rot mit weißen Punkten, ihr absolutes Lieblingsmuster. Von der Schürze, die an einem Haken an der Wand mit der rotweißen Tüpfeltapete hing, über die Geschirrtücher bis zur Tischdecke und der Futterschale von Windsor, ihrem gehbehindertem Perserkater, vom Kakaobecher bis zum kleinsten Teller.

Der lag jetzt auf dem Boden, in drei scharfkantige Stücke zersprungen. Sollte ich ihn aufheben? Vielleicht verstecken? Omalinde – eigentlich hieß sie Heidelinde, aber mit drei Jahren hatte ich sie der Einfachheit halber umgetauft und das war bis heute geblieben – wurde selten sauer. Sie schimpfte nie. Ohne Umschweife würde sie einfach einen neuen Teller aus dem Schrank holen. Vielleicht allerdings würde mein Kakaobecher ungefüllt bleiben.

Mir fiel auf, dass das Summen aufgehört hatte.

Schnell kletterte ich vom Stuhl und hob die Scherben auf. Als ich sie in den – wie könnte es anders sein? – rotweiß gepünktelten Mülleimer warf, schnitt ich mir in die Daumenkuppe. Ein Blutstropfen quoll hervor und landete auf dem hellgrauen Linoleumbelag. Das war noch nie passiert. Ich starrte den Fleck an. Der rote Tupfen wirkte wie ein Eindringling in Omalindes rotweiß gepünktelter, heiler Welt.

Eine Glocke schrillte entsetzlich laut wie ein Feuermelder. Meine Trommelfelle vibrierten. Ich hielt mir die Ohren zu und presste die Lider fest zusammen.

„Ava. – Ava!"

Jemand rüttelte an meiner Aufmerksamkeit.

Jener Rest meines Bewusstseins, der in der Realität zurückgeblieben war, dehnte sich aus und mit ihm das Geschrei und der Tumult von mehr als fünfzehnhundert Schülern um mich herum. Mit einem Mal befand ich mich wieder auf dem Schulhof, auf dem es schlimmer zuging als auf dem Pavianfelsen im Zoo.

„Ava, wach auf, die Pause ist zu Ende."

Herr Engelhardt, mein Englischlehrer und heutige Pausen-aufsicht, wedelte hektisch mit der Hand, als wolle er Fliegen verscheuchen, dann drehte er sich um und ging Richtung Hauptgebäude, wo die Schülermasse behäbig durch den ein-zigen Eingang strömte.

Ich blieb auf meinem erhöhten Aussichtspunkt sitzen. Dank der Idee von humanistischer Bildung besaß unsere Schule eine Art Amphitheater aus großen Basaltquadern, in dem der Wahlpflichtkurs Deutsch-Theater im Sommer seinen Unterricht abhielt und gelegentlich Vorführungen oder Ver-sammlungen der Schülervertretung stattfanden. Der oberste Rang war mein Lieblingsplatz, während sich die anderen Schüler lieber zwischen den Bäumen und auf dem Sportfeld tummelten. Meist war ich hier allein, ein wenig abseits vom Geschehen und erhoben über dem Gedränge.

Ich beobachtete die träge Herde, die nun zu zwei Dritteln im Haupthaus verschwunden war. Mittendrin entdeckte ich meine ex-beste Freundin Fenja, wie sie ekelhaft aufdringlich mit Mika flirtete. Der billige Geruch ihres Blümchen-Parfums schien mir selbst hier oben die Rezeptoren zu verkleben. Sie hatte sich heute wieder einmal aufgestylt, als erwartete sie, dass jeden Moment Heidi Klum durch die Tür träte und sie persönlich in die nächste Runde Demütigungsspektakel entführte. Wie sie mit den Hüften wackelte, als sie jetzt vor Mika durch die Tür ging. Dabei konnte sie auf den hohen Hacken gar nicht laufen.

Ein Schmerz zuckte durch meinen Daumen und ich bemerkte, dass ich den Nagel bis aufs Blut abgekaut hatte. Schnell spukte ich die Krümel aus und streifte meine Hand an der Jeans ab. Mit einem Seufzer zog ich die Strickmütze mit den Bommelöhrchen tiefer ins Gesicht und stand auf. Notgedrungen würde auch ich nun zum Unterricht gehen müssen.

II.

Die hellblaue Tür zwinkerte mir willkommen heißend zu. So sah es jedes Mal aus, wenn ich aus dem Bus ausstieg und um die Ecke bog. Der Briefschlitz und die beiden winzigen Fenster, die in das Türblatt eingelassen waren, wirkten auf mich wie ein freundlich lächelndes Gesicht. Der Druck auf der Brust ließ nach, sobald der Summer ertönte. Die Sprechstundenhilfe telefonierte gerade und winkte mich durch in Dr. Fredags Behandlungszimmer. Sie hielt zwei Finger in die Luft und bedeutete mir damit, dass ich noch ein wenig warten musste. Das machte mir gar nichts aus. Dr. Fredags Raum war ein entspannender, wohl temperierter Ort. Die rundfingrigen Blätter der Topfpflanze winkten ein zurückhaltendes Hallo, als sich die Tür hinter mir schloss. An den Wänden hingen Bilder, die den Raum heimelig erscheinen ließen. Das Sofa mit der Patchworkdecke war weich und bequem. Aus einer Stehlampe tropfte angenehm gelbes Licht. Kunstseidene Schleier vor den Fenstern sperrten die Welt aus und die von innen gepolsterte Tür sorgte für Diskretion und angenehme Stille. Doch das Schönste in Dr. Fredags Zimmer war das große Aquarium. Mit einem zarten Klopfen an das Glas begrüßte ich die Fische, die sofort neugierig angeschwommen kamen. Stundenlang hätte ich zusehen können, wie die bunt schillernden Geschöpfe ihre Bahnen zogen. Ich wusste genau, wie sie sich fühlten. Wie die Kühle des Wassers über die Haut streichelte. Wie die Welt zu unscharfen Flecken verschwamm, wenn man schnell durch das Becken kraulte. Wie der Lärm und Hall in den Hintergrund traten, sobald das Wasser den Gehörgang füllte. Seit ich vor ein paar Jahren den Schwimmsport für mich entdeckt hatte, verbrachte ich den größten Teil meiner Freizeit im nassen Element. Und falls ich einmal keine Gelegenheit dazu bekam, gab es das virtuelle Pendant des Schwimmbads in meinem Gedankenhaus. Ich brauchte nur die Milchglastür mit dem türkisfarbenen Streifen öffnen und war mit einem Sprung im Wasser.

Ein Schrecken fuhr mir in die Glieder, als draußen ein LKW vorbeiklapperte. Der Luftzug blähte die Vorhänge.

Oh nein, das Fenster sollte geschlossen sein.

„Hallo, Ava." Dr. Fredag stand hinter mir.

Völlig lautlos hatte sie den Raum betreten und musterte mich nun ausdruckslos. Ich murmelte eine Begrüßung. Sie nickte und wies mit der Hand zur Sitzgruppe.

„Möchtest du vielleicht deine Mütze abnehmen und mir dein bezauberndes Gesicht zeigen?", fragte sie. „Die brauchst du hier nicht."

Nein, möchte ich nicht, dachte ich, sagte es aber nicht. Stattdessen zuckte ich mit den Schultern. Sie lächelte mich an und nickte. Es war ein Ritual zwischen uns.

„Nun gut", sagte die blassgesichtige Therapeutin, „dann setz dich doch bitte."

Ich ließ mich in das Sofa sinken und zog die Mütze tiefer ins Gesicht. Die Haarspitzen meines Ponys piksten mir in die Augen, aber ich mochte ihn so lang. Dr. Fredag nahm in ihrem Sessel Platz, dem Sofa gegenüber.

„Wie war deine Woche, Ava?", fragte sie und rückte ihre blaugeränderte Brille zurecht. Auf ihrem Schoß lag ihr Notizblock. Meist hielt sie ihre Hände darauf gefaltet. In meinem Beisein hatte sie noch nie etwas notiert.

„Gut", antwortete ich zögernd, denn das war eine Frage der Perspektive. Was für mich „gut" erschien, mochte für sie „katastrophal" heißen. Und umgekehrt.

Draußen lärmte eine Horde Grundschulkinder vorbei. Das Fenster sollte eigentlich geschlossen sein.

„Können wir bitte das Fenster schließen?", fragte ich leise.

„Meinst du nicht, ein wenig Frischluft würde uns beiden guttun?", fragte sie zurück.

Ich beugte mich vor, bis meine verschränkten Arme die Knie berührten. Der Pony versperrte mir nun völlig die Sicht, aber das störte mich nicht. Ich wollte Dr. Fredags harmonisierendes Lächeln ohnehin nicht sehen.

„Bist du mit deiner Wochenaufgabe zurecht gekommen?"

Ich zuckte mit den Schultern.

„Möchtest du mir davon erzählen?"

Nein, das mochte ich nicht. Meine Wochenaufgabe hätte ein offenes Auf-jemanden-Zugehen erfordert. Möglicherweise ein lockeres Gespräch, ein Austausch von gehaltlosen Sätzen. Eine Disziplin, in der ich bei jedem Versuch versagte. Weil mein Gehirn seltsame Impulse an meinen Körper sandte, die die Hände feucht werden ließen, die Wangen heiß und den Hals staubtrocken. Impulse, die dem halbverdauten Frühstückshaferbrei in meinem Bauch eine Extraportion Magensäure spendierten, wenn es Mika war, der vor mir stand, mich erwartungsvoll ansah und auf eine Antwort wartete. Ich hatte wiederholt feststellen müssen, dass die hundert Millionen Neuronen in meinem Gehirn sich nicht so einfach kontrollieren ließen, nur weil Dr. Fredag mir eine Wochenaufgabe stellte. Ich war keine Neuronendompteurin. Meine Synapsen hatten einen natürlichen Drang zu impulsivem Ungehorsam. Sie spielten nach ihren eigenen Regeln. Vor meinem inneren Auge sah ich eine wilde Horde rot blinkender Impulse durch das feine Gitternetz der Nervenbahnen jagen – und folgte ihnen.

Wie ein Skispringer landete ich mit einem perfekten Telemark im Schlafzimmer meiner Eltern. Auf dem riesigem Bett in der Mitte des Raums türmte sich das Plumeau hoch auf wie eine wunderbare Schneelandschaft. Ich kroch hinein und genoss das Federgewicht der Bettdecke, die mich in Unbekümmertheit einhüllte. Es roch nach Mama und Papa, nach Lange-Schlafen und trägen Sonntagmorgen. Das leise

Ticken von Papas Wecker gab meinen rasenden Herzschlägen einen ruhigeren Takt vor. Ich räkelte mich wohlig unter der Decke. Sonnenlicht fiel durch die Gardinen und warf verzerrte Muster auf Bett und Wände. Zwei Türen erschienen aus dem Nichts, die eine rot mit weißen Punkten, die andere hellblau mit lächelndem Gesicht. Doch plötzlich endete das Lächeln und wandelte sich zu einer strengen Miene. Eine vertraute, aber ungewohnt resolute Stimme brach laut in die tickende Stille ein:

„... Zeit, diese Barriere zu durchbrechen, meinst du nicht, Ava? Ich denke, wir beide sind an einem Punkt angelangt, an dem eine Pause einen größeren Fortschritt erzielen würde als eine Fortführung unserer Schweigesitzungen. Was hältst du davon, wenn wir etwas Neues versuchen? Ich werde dich an einen Kollegen überweisen."

III.

Eine leise Irritation meiner Geruchsrezeptoren weckte mich noch vor dem Weckerklingeln. Ein heftiger Schreck durchzuckte mich. Rauch. Alarmiert setzte ich mich auf und lauschte.

Alles war still.

Das bedeutete: Papa rauchte am Badezimmerfenster und Mama schmollte in der Küche über einer Tasse „Guten-Morgen-Tee". Sie hatten sich mal wieder gestritten, Papa hatte mal wieder den Kürzeren gezogen und Mama war mal wieder beleidigt, weil er sie nicht verstehen wollte. An solchen

Morgen schien es mir, als lebten die beiden nicht nur in unterschiedlichen Welten, sondern in zwei verschiedenen Sonnensystemen, die regelmäßig in unserer Vier-Zimmer-Wohnung kollidierten, implodierten und die mühsam aufrecht erhaltene Ordnung mit schwarzen Löchern perforierten.

Mit einem aus der Tiefe aufsteigenden Seufzer ließ ich mich zurück in die Kissen fallen. Schlechtes Gewissen breitete sich wie ein Schwelbrand in mir aus. Hätte ich nur meinen Mund gehalten und Dr. Fredags Vorschlag stillschweigend akzeptiert. Ich hätte einfach am nächsten Freitag zu diesem Kollegen, diesem Dr. Alboroto, gehen können, ohne meine Eltern damit zu behelligen.

Dumm, dumm, dumm war ich!

Doch weil mir das Ganze so spanisch vorgekommen war, hatte ich diese Information leichtfertig geteilt und dadurch die beiden Heimatplaneten auf Kollisionskurs gebracht. Papa war nämlich der Meinung (und da wollte ich ihm gerne beipflichten), dass die Therapiestunden vergeudete Lebenszeit wären und ich das gar nicht nötig hätte. Meine Schüchternheit würde sich schlicht und einfach mit der Pubertät auswachsen, behauptete er.

Meine Mutter dagegen tutete mit Dr. Fredag in das gleiche Horn und sprach von Sozialphobie und Depressionen. Sie verstand nicht, dass ich einfach nur lieber für mich blieb, anstatt mich mit den hohlköpfigen Gleichaltrigen an meiner Schule abzugeben, und dass ich lieber meinen eigenen Gedanken nachhing – die, wohl gemerkt, durchaus unterhaltsamer waren als das Geschwätz meiner Mitschüler. Sie konnte auch nicht nachvollziehen, dass mich größere Menschenansammlungen nervös machten und diese Nervosität zu körperlichen Symptomen wie unkontrollierbarem Erröten, Zittern, Herzrasen, Schweißausbruch oder Sprechhemmung führte, die ich tunlichst in der Öffentlichkeit vermeiden wollte. Dabei war es völlig egal, ob es sich dabei um viele oder nur einen Zuschauer handelte. War es nicht normal, sich vor möglichen Demütigungen bewahren zu wollen? Also, für meine Begriffe schon. Am liebsten wollte ich in Ruhe gelassen werden, und zwar von allen – blutsverwandt oder nicht.

Der Wecker piepte durchdringend. Zehn vor sieben. Zeit, in den Kampf zu ziehen.

Widerstrebend hievte ich die Beine aus dem Bett. Der Boden unter meinen Füßen, graubraunes Schiffsparkett aus Eiche, war kalt und schien zu schwanken. Schnell fischte ich nach einem Paar geringelter Socken, das ich achtlos unter das Bett gekickt hatte – zu den anderen vierzehn (oder so) Paaren, die dort zwischen halbleeren Müslischalen, Wollmäusen und ungelesenen, aber nicht verschmähten Büchern ein geheimes Eigenleben führten und sich wöchentlich zu vermehren schienen. Ich verwarf die Idee, duschen zu gehen, und angelte nach meinen Klamotten, die dort lagen, wo sie mir am Abend zuvor vom Körper gerutscht waren. Die Jeans hatte ausgebeulte Knie und eine Wäsche dringend nötig. Ich überlegte kurz die Alternativen, entschied, dass es auf einen

Tag mehr oder weniger nicht ankam, und schlüpfte hinein. Das dünne Trägerhemdchen, in dem ich geschlafen hatte, behielt ich an. Es auszuziehen hätte mich arge Überwindung und eine Menge Körperwärme gekostet. Ich versank dankbar in den wohligen Weiten meines Kapuzenpullis. Noch eben den wollenen Helm aufgesetzt – und schon fühlte ich mich halbwegs gewappnet für kommende Schlachten.

IV.

„He!" – Was soll das?, wollte ich noch rufen, da purzelten schon alle meine Sachen aus meiner Umhängetasche, die ihrem Namen nun keine Ehre mehr machte, sondern – im Gegenteil – auf dem Boden lag. Ich drehte mich nach dem Kerl um, der mich angerempelt hatte, und sah Keenan Schimmer, einen Schwachkopf aus meiner Stufe, der sich feixend über die Schulter nach mir umsah und dabei eine Schere in seiner hinteren Hosentasche verschwinden ließ. Ein paar Schritte weiter standen seine Buddies vom Sport-Leistungskurs und empfingen ihn johlend und abklatschend.

Armseliges Arschloch, wenn du so etwas nötig hast, schrie ich Keenan nach und zeigte ihm beide Mittelfinger. Nur in Gedanken natürlich. Aber klar: wenn dich deine Eltern Keenan Schimmer tauften, dann hattest du eigentlich kaum eine Chance auf sozialverträgliche Verhaltensentwicklung. Widersinnigerweise verspürte ich fast einen Anflug von Mitleid. Fast.

Ich ging in die Knie, um meine Sachen einzusammeln.

„Armseliges Arschloch! Dass der so etwas nötig hat", sagte rechts von mir jemand, der meine Gedanken gelesen haben musste. Ich drehte mich um und sah Mika, der neben mir kniete und meine weit verteilte Loseblattsammlung zusammenraffte.

Schlagartig begannen meine Hände zu schwitzen. Mika hielt mir meine Blätter entgegen und sah mich abwartend an. Seine braunen Augen strahlten mit so einladender Wärme, dass ich eine Gänsehaut bekam. Ich nahm den Stapel und öffnete den Mund, um mich zu bedanken, aber es kam kein Ton heraus. Meine Stimmbänder mussten einer plötzlichen Lähmung zum Opfer gefallen sein. Also klappte ich den Mund wieder zu und nickte nur.

Mikas Augenbrauen zuckten kurz nach oben, dann stand er auf, bückte sich aber erneut, um eines meiner Bücher aufzuheben, das ein paar Schritte weit weg über den blanken Boden geschliddert war.

„Den Gedanken auf der Spur. Das Geheimnis Gehirn", las er vom Titelbild. „Ehrlich jetzt? Du interessierst dich für Neurowissenschaften? Das ist ja ein Zufall."

Einen Zufall würde ich es nicht gerade nennen, dachte ich. Schließlich hatten wir beide den gleichen Bio-Kurs belegt und dort im letzten Halbjahr ausgiebig das Thema Gehirn beleuchtet. Ich riss ihm das Buch aus der Hand und stopfte es in die Tasche. Einige umstehende Schüler beobachteten kichernd und tuschelnd unsere Szene. Ich fühlte mich, wie die Hauptfigur eines hochnotpeinlichen Klamaukstücks.

„Nein, im Ernst", sagte Mika. Er hielt mir die Hand entgegen, um mir aufzuhelfen, aber ich ignorierte sie in Anbetracht meiner klammen Finger. Seltsamerweise wirkte er enttäuscht, fuhr aber fort: „Kennst du vielleicht auch ‚Alles nur in meinem Kopf'? Das Buch von diesem Gedächtnisweltmeister Boris ... Irgendwas. Mir fällt der Name gerade nicht ein." Er lachte kurz auf. „Was für eine Ironie."

Ich hätte gerne mitgelacht, wollte aber das verräterische Zittern nicht offenbaren, das im Inneren meines Körpers wütete. Alles, was ich zustande brachte, war ein kleines Zucken in den Mundwinkeln. Ich hielt mich damit beschäftigt, den durchgeschnittenen Schultergurt zusammenzuknoten, was gar nicht so einfach war und etliche schweigsame Minuten dauerte, in denen ich hoffte (und gleichzeitig auch nicht hoffte), Mika würde einfach weitergehen. Aber er stand nur da, stieß gelegentlich die Spitzen seiner Sneaker auf den gebohnerten Boden, sodass sie gequälte Quietschlaute von sich gaben, und sah nachdenklich zu mir herab. Er schien zu warten, bis ich fertig war und keine Entschuldigung mehr hatte, länger auf meinem Hintern sitzen zu bleiben. Als ich wieder auf Augenhöhe mit ihm kam (fast zumindest, denn er war doch einige Zentimeter größer als ich), sagte er:

„Ich kann dir das Buch mal leihen. Oder wir treffen uns nach der Schule und tauschen unsere Erkenntnisse aus. Wie wäre –"

„Mika! Da bist du ja." Fenja tauchte neben uns auf. Sie hakte sich vertraulich bei Mika ein und würdigte mich nur eines kurzen, hochnäsigen Nickens. „Lass uns zur Cafeteria gehen. Ich brauche dringend eine Koffein-Injektion."

Mit diesen Worten, die selbstverständlich allein an Mika gerichtet waren, zog sie ihn den Flur entlang in Richtung Ausgang. An der Glastür drehte Mika sich noch einmal über die Schulter zu mir um. Erst da wurde mir bewusst, dass ich ihm nachgestarrt hatte – wie eine sehnsüchtige Idiotin. Ich schüttelte den Kopf, um mich aus der Starre zu befreien. Mika schien das völlig falsch zu interpretieren, denn er hob die Schultern, als wolle er sagen: „Dann eben nicht!", und folgte Fenja nach draußen.

V.

Sieben Minuten und achtundzwanzig Sekunden stand ich bereits vor der mattgebürsteten Edelstahltür, unfähig, mich zu entscheiden, ob (oder ob nicht) ich die Klingel betätigen sollte. Mein Herz hämmerte im Turbogang, der Puls raste, meine Atmung war flach und viel zu schnell. Schon die Fahrt hierher – mit einer überfüllten U-Bahn in einen mir unbekannten Stadtteil – hatte mich große Überwindung und alle Reserven gekostet. Schwarze Flecken tanzten vor meinen Augen.

Ich erschrak, als sich die Tür von innen öffnete. Ein Mädchen, etwas älter als ich, trat mit gesenktem Kopf heraus. Sie presste ein Taschentuch in der geballten Faust. Obwohl sie sich bemühte, mich nicht anzuschauen, sah ich rot verheulte Augen. Sie drückte sich an mir vorbei und eilte davon.

Mein Herz fiel im freien Fall bis in meine abgelatschten Turnschuhe. Bei Dr. Fredag hatte ich noch nie eine Träne vergossen, geschweige denn ein Taschentuch benötigt. Sie war unglaublich rücksichtsvoll und feinfühlig – bis an die Grenze zur Unerträglichkeit.

Die Tür blieb einen Spalt breit offen stehen. Das graue Metall glitzerte wie eine Eisfläche in der Sonne.

Ich konnte dort nicht hineingehen. Meine Sneaker schienen auf der Fußmatte festgetackert zu sein. Weglaufen war also auch keine Option. Ich schloss die Lider, aber es half nichts. Die scharf geschnittenen Buchstaben des Türschildes hatten sich bereits in meine Netzhaut eingegraben: Dr. med. Gonzales Alboroto, Kinder- und Jugendpsychologe. Die Ausflucht, ich hätte die Praxis nicht gefunden, konnte ich niemandem glaubhaft machen, schon gar nicht mir selbst. Ich kaute eine Weile auf dem linken Daumennagel herum, lauschte und spähte in den dunklen Spalt, der allerdings keine Geheimnisse preisgab. Die Dunkelheit zerrte an mir. Ich fühlte, wie sich mein Bewusstsein träge und geschmeidig zu teilen begann, wie die Blasen in einer Lavalampe. Dankbar ließ ich mich in diese wohlige Sicherheit sinken.

Es knackte in der Sprechanlage und riss mich zurück ins Jetzt. Eine blechern klingende Männerstimme meinte:

„Ava Kühne? Du kannst jetzt hereinkommen, die Luft ist rein."

Oh nein! Ich hatte es doch wohl nicht mit einem Witzbold zu tun? Nichts war peinlicher als Erwachsene, die gegenüber

Jugendlichen bemühte Witze rissen.

Ich zog meine Mütze tiefer ins Gesicht und sah mich um. Eine Kamera war auf den Eingangsbereich gerichtet. In Gedanken streckte ich dem Witzbold die Zunge heraus. Dann drückte ich vorsichtig die Tür auf und trat ein.

Heller Teppichbelag und strahlend weiße Wände saugten mich in ein antiseptisches Vakuum. So jedenfalls kam es mir vor. Alles hier war weiß und clean. Keine Bilder an den Wänden, keine bunten Stühle, die nach Farbharmonien zusammengestellt waren. Keine geschäftige Sprechstundenhilfe hinter der Trutzburg eines Empfangspultes. Und vor allem kein mild lächelnder Therapeut. Dr. Alborotos Auftreten war das Gegenteil von mild.

„¡Hola, Ava."

Er kam mir mit langen Schritten und ausgestreckter Rechten entgegen, die meine Hand ergriff, sobald ich in Reichweite war. Sein Handschlag glich einer eisernen Schelle. Mit der Linken pflückte er, ehe ich mich versah, die Mütze von meinem Kopf und warf sie auf ein Brett über den Garderobenhaken. Ich stand einfach nur völlig verdattert da und sank innerlich in mich zusammen. Der Mann war wirklich einschüchternd, was ich für einen Therapeuten als ziemlich kontraproduktiv empfand. Übersprühendes Temperament, groß und breitschultrig, ausgeprägter Raubvogelzinken, hohe Stirn und stahlgraues Haar, das mit viel Gel bis in den Nacken zurückgekämmt war. Seine buschigen, schwarzen Brauen, aus denen einzelne silbergraue Härchen wie Fühler herausragten, wirkten wie fette, plüschige Raupen. Ekelig. Meine Mutter würde den Doktor als rassigen Spanier bezeichnen. Sie würde ihn mögen. Für mich war er die Verkörperung eines antagonistischen Kriegers, der seine schwarze Rüstung gegen einen weißen Kittel getauscht hatte. Er funkelte mich aus tiefdunklen Augen an – wie ein Falke, der eine Maus in seinen Klauen ansah.

Ich wollte fliehen. Jetzt und sofort.

Mit Mühe befreite ich mich aus seinem Griff und trat einen Schritt zurück.

Alboroto „half" mir aus der Jacke (was bedeutete: er riss sie mir quasi vom Leib), führte mich in sein Behandlungszimmer und schloss die ausdruckslose, weißbeschichtete Tür.

Auch hier war alles puristisch und neutral gehalten, leere Wände, weiße Möbel, nichts, was ablenkte. Der Blick perlte von allem ab wie Wassertropfen auf Lotusblättern. Sein Schreibtisch bestand aus einer weißen Platte auf einem zierlichen Metallgestell, das ich schon einmal in einer Designzeitung meiner Mutter gesehen hatte. An fehlenden Patienten schien die spartanische Ausstattung wohl nicht zu liegen. Der Tisch war leer bis auf einen weißen Tablet-PC mit dem berühmten Apfellogo auf dem Rücken. Die beiden Kunststoffstühle auf der Büßerseite des Tisches waren ebenfalls stylisch, weiß und furchtbar unbequem, als ich mich auf der Kante der Sitzfläche niederließ.

Ich fröstelte und wünschte, er hätte mir meine Jacke nicht weggenommen. Das Weiß kroch mir in die Knochen. Ich sank tiefer in meinen Kapuzenpulli und zog den Kragen hoch bis über die Nase. Mein Eigengeruch, den der Sweater verströmte, beruhigte mich ein wenig. Doch der Puls klopfte immer noch heftig in meinem Hals und meine Finger fühlten sich kaltschweißig an. Am Rande meines Bewusstseins hörte ich den Lockruf aus Omalindes Küche:

„Zwei kleine Italiener, die träumen von ..."

„Nun, Ava", sagte der Spanier, „wir wollen nicht um den heißen Scheiß herumreden." Diese Formulierung setzte bei mir ein automatisches Augenverdrehen in Gang. Wahnsinnig witzig, um nicht zu sagen: Hip, Alter.

Doch der Alte redete unbeeindruckt weiter, während seine Argusaugen mich durchbohrten. „Ich habe deine Akte gelesen und Dr. Fredag hat mich auf Stand gebracht. Ich sehe die Sache so: Wir beide, du und ich, wir werden eine andere Gangart einschlagen."

Zwei kleine Italiener ..., summte es laut in meinem Kopf.

„Wir werden herausfinden, was du willst und wie wir dorthin kommen. Das mag an manchen Punkten schmerzhaft werden, aber darauf werden wir keine Rücksicht nehmen."

Zwei kleine ...

Moment mal. Hatte er gesagt: was ich will?

„In Ruhe gelassen werden", stieß ich hervor.

Er ließ den Satz fallen, den er gerade hatte sagen wollen, und starrte mich abwartend an.

Die Chuzpe verließ mich so schnell, wie sie über mich gekommen war, und ich kroch zurück in mein Schneckenhaus.

„Nun, dann erklär mir bitte, was du darunter verstehst." Er nahm das iPad auf und begann, darauf herumzutippen. Dabei lehnte er sich in seinem weißledernen Chefsessel so weit zurück, dass ich nicht sehen konnte, was er schrieb.

„Und hör auf, deine Fingernägel zu traktieren. Blutflecken lassen sich so schwer entfernen."

Ich zuckte zusammen. Tatsächlich hatte ich unbewusst an der Nagelhaut herumgezupft, bis sie wund und blutig war. Ich steckte die Hände in die Vordertaschen meiner Jeans.

„Weiter." Alboroto ließ nicht locker.

„Na, eben in Ruhe gelassen werden. Was gibt es da zu erklären? Ich bin halt gerne nur für mich", sagte ich trotzig, obwohl es mir sogleich kindisch vorkam.

„Verstehe." Er blickte mich über den Rand des Tablets an. Ich konnte nur seine Augen sehen, aber ich entdeckte einen spöttischen Ausdruck darin. Er fuhr fort: „Alle gehen dir nur auf die Nerven, labern belangloses Zeug, die Welt ist schlecht und Freunde sind ein Trugschluss, blablabla. Ja, meine Liebe, das hab ich hundert Mal und mehr gehört. Gib mir eine Erklärung jenseits der Klischees."

What? Was war das denn für ein Therapeut?

„Ich bin nicht hier, um mit Ihnen über die Wahrhaftigkeit von Klischees zu diskutieren, oder?", sagte ich vorsichtig.

Er tippte wieder auf dem Tablet herum.

„Ach wirklich? Deinen Unterlagen entnehme ich, dass dein IQ über dem Durchschnitt liegt. Da müsstest du mir also etwas Besseres bieten können als die üblichen Gründe."

Ich verschränkte die Arme vor der Brust und schüttelte den Kopf.

„Ich bin nichts Besonderes. Es ist nur so, dass die Welt in meinem Kopf einfach interessanter ist als die Realität."

Alboroto legte das Tablet mit dem Bildschirm nach unten auf den Tisch und beugte sich zu mir herüber.

„Erzähl. Das klingt spannend. Jetzt bin ich neugierig."

Ich schluckte trocken. Ich hatte mich in eine Ecke manövriert. Erneut schüttelte ich den Kopf.

„Sie würden es nicht verstehen."

„Probier's."

Für eine kurze Weile versuchte ich abzuwägen, was und wie viel ich erzählen könnte, und welchen Einfluss es auf mein Gedankenhaus hätte, wenn ich es einem Fremden beschreiben würde. Ich blätterte durch die Räume wie durch die Seiten eines Bilderbuchs, bis eine leise Erschütterung wie ein Erdbeben an den Wänden rüttelte. Ein Zeichen, das ich als Warnung deutete. Also entschied ich:

„Ich denke nicht."

Alboroto hörte auf zu tippen. Sein Argusblick durchdrang den Schutzwall, den mein langer Pony bildete, und bohrte sich so tief, dass ich einen körperlichen Stich fühlte. Wie unter Zwang stammelte ich: „Also, da ist dieses Haus ..."

Ein stechender Schmerz fuhr mir in den Kopf. Ein weiteres Warnsignal.

„Ich kann nicht", presste ich zwischen den zusammengebissenen Zähnen hervor.

„In Ordnung. Nicht jetzt. Unsere Zeit ist ohnehin schon fast vorbei", lenkte er unaufgeregt ein. Ich wunderte mich, dass fünfzig Minuten so schnell vergangen waren. Scheinbar hatte ich länger für meine Überlegungen gebraucht, als es mir vorgekommen war.

„Da du heute ja mein Türschild schon ausgiebig bewundert hast", fuhr Alboroto fort, „können wir beim nächsten Termin diesen Teil überspringen, die Zeit einsparen und für andere Betrachtungen verwenden. Es sei denn, du hast ein Faible für Türen. Dann darfst du natürlich gerne die ersten zehn Minuten draußen stehen bleiben."

Erschrocken sah ich auf. Wieso sprach er die Türen an? Konnte er mit seinem scharfen Blick in meine Gedanken sehen? Blödsinn.

Er hatte das iPad wieder aufgenommen und schien nun mit den üblichen Wischgesten durch meine Akte zu blättern. Zu dumm, dass ich keinen Einblick in die Unterlagen nehmen konnte. Was hatte Dr. Fredag über mich notiert? Warum hatte Alboroto in dieser ersten Stunde so viel aufgeschrieben? Ich hatte doch praktisch nichts gesagt. Nein, das stimmte so nicht. Ich hatte mehr preisgegeben als in allen Sitzungen mit Dr. Fredag zusammen. Der Spanier hatte mich provoziert.

Der metallische Geschmack von Blut auf meiner Zunge sagte mir, dass ich schon wieder meine Nagelhäute quälte. Schnell schob ich die Finger unter meine Oberschenkel.

Der Therapeut tippte noch ein paar Mal auf dem Display

herum, dann schaltete er es aus, legte es zur Seite und wandte sich wieder mir zu. „Ich erwarte dich nächste Woche. Gleicher Tag, gleiche Zeit. Adiós." Er stand auf und deutete zur Tür.

„Und meine Wochenaufgabe?"

Mit gefletschten Zähnen grinste er mich an.

„So etwas gibt es bei mir nicht. Du bist doch ein schlaues Mädchen. Ich denke, du weißt selbst, was du zu tun hast."

In Nullkommanichts stand ich wieder auf der Straße, meine Mütze und Jacke in der Hand. Die Stahltür fiel mit einem satten Geräusch hinter mir ins Schloss. Ich hatte keine Ahnung, was ich von diesem Gonzales Alboroto halten sollte. Während der gesamten Sitzung hatte er nicht eine Frage gestellt. Er hatte Antworten gefordert.

VI.

Die kommenden Tage wurden eine Tortur. Ich schlief schlecht, brachte kaum einen Bissen herunter und war tagsüber nervös und angespannt, kurz: ich ging auf dem Zahnfleisch. Sobald ich mein Zimmer verließ, wurden die Hände schwitzig und meine Atmung flach. Wie in meinen allerschlimmsten Zeiten. Der Spanier war ein Unruhestifter – das erklärte Feindbild. Er hatte sich in mein vage ausbalanciertes Leben gedrängt und es aus dem Gleichgewicht gebracht. Ich wünschte mich zurück in Dr. Fredags stillschweigende Harmonie.

Meine Nägel waren bis auf das Bett abgekaut und die Nagelhäute aller Finger rot entzündet. Ich hatte sie verpflastern müssen und sah aus wie ein Zombie auf Urlaub. Etwas Undefinierbares rumorte in mir, aber immer, wenn ich meine Neuronenkanonen darauf richtete, schien es in die hintersten Windungen des Temporallappens zu entwischen.

Gegen den Willen meiner Mutter stellte mir Papa einen Freibrief aus: er überließ mir die Entscheidung, die Therapie fortzuführen. Ihm gefiel ganz und gar nicht, dass der Doktor ein nervliches Wrack aus mir gemacht hatte. Dankbar war ich Papa um den Hals gefallen. Ich wollte diesen scharfäugigen Störenfried niemals wiedersehen.

Selbst die Besuche in meinem Gedankenhaus hatte er mir verleidet. Kaum landete ich in einem der sicheren Räume, da erschien die mattgebürstete Stahltür an der Wand. Und entgegen Alborotos Suggestion wusste ich nicht, was ich zu tun hatte.

Scheinbar war ich nicht so schlau, wie mein IQ vorgab. Aber was bedeutete schon IQ? Nichts als eine nach fragwürdigen Kriterien auf dem Papier errechnete Zahl. Es gab keine zuverlässige Methode, die Intelligenz eines Menschen festzustellen, denn es spielten immer viele verschiedene Faktoren und Blickwinkel mit. Intelligenz war relativ.

Jetzt gerade, in diesem Augenblick, hielt ich mich für relativ dumm. Ich saß auf meinem üblichen Aussichtsturm auf dem Schulhof und sah der unverschämten Flirterei von Fenja und Mika zu. Mein Herz brannte. Kalter Schweiß lag auf der Haut. Mein Magen fuhr Achterbahn. Alles in mir war in Aufruhr.

Ich wollte Fenja die Finger abhacken, die an Mikas Sweatjacke herumnestelten. Ich wollte ihr den Schmollmund aus ihrem idiotischen Duckface schlagen, mit dem sie versuchte, Mika zu bezirzen. Ich wollte in den Zwischenraum zwischen ihren Körpern schlüpfen, der jetzt immer kleiner wurde, als Fenja sich zu Mika hinüberlehnte. Ich wollte das tun können, was Fenja tat: Mika einen Kuss auf die Lippen drücken – auf dem Pavianfelsen inmitten von fünfzehnhundert Zuschauern.

Etwas Nasses berührte meine Hand und ich merkte erst jetzt, dass mir Tränen aus dem Gesicht fielen. Schnell wischte ich sie weg. Durch den Schleier vor meinen Augen sah ich, dass Mika sich von Fenja entfernte. Hatte ihm etwa nicht gefallen, was passiert war? Er lief auf den Eingang zum Haupthaus zu. Dort drehte er sich noch einmal um und schaute suchend über den Schulhof. Als er mich entdeckte, erstarrte er kurz, dann ging er ins Gebäude.

Ich schwänzte Bio und schloss mich im Mädchenklo ein. Mit Mika in einem Klassenraum zu sitzen, hätte ich einfach nicht ertragen. Das Bild, wie Fenjas pink getünchter Mund sich auf seine Lippen drückte, poppte groß und in Vollfarbe immer wieder in meinen Gedanken auf. Dabei war ich gar nicht so nahe an dieser Szene dran gewesen. Es war ein kindischer Streich meines übereifrigen Gehirns, das die Erinnerung mit Zoom und in Dauerschleife hochspielte. Es ging so weit, dass ich den Geruch von Fenjas Parfum in der Nase hatte. Und meine eigene Frustration bitter auf der Zunge schmeckte. Ich beschloss, dieser Horrorshow ein Ende zu machen und draußen frische Luft zu schnappen, als die Tür zum Waschraum aufgerissen wurde.

„… allenfalls platonisch. Ich fasse es einfach nicht, dass er auf so eine bekloppte Irre steht, wenn er das hier haben kann."

Fenja. Mist. Jetzt konnte ich unmöglich die Kabine verlassen. Ich linste durch den winzigen Spalt an der Tür.

„Warst du nicht früher mit ihr befreundet?"

Das war Maria, die derzeitige Favoritin im Hofstaat der Bienenkönigin. Sie reichte Fenja einen Lipgloss, den diese großzügig auftrug. Die klebrige Pampe glänzte auf dem Kussmund, den sie ihrem Spiegelbild zeigte.

„Ach was – das ist eine Ewigkeit her. Im Kindergarten. Das zählt doch nicht."

Fenja fummelte mit ihren manikürten Fingernägeln ihr Dekolletee zurecht und zupfte dann an ihren von zu viel Tusche verklebten Wimpern herum. Wir hatten wahrlich nichts mehr gemeinsam.

„Sie soll ziemlich schlau sein", meinte Maria, die nun ebenfalls ihre Lippen beschmierte.

„Tja, so das Gerücht, das zu beweisen wäre. Solange sie fast in Ohnmacht fällt, wenn jemand sie anspricht, wird die Wahrheit darüber wohl immer im Reich der Mythen bleiben, oder? – Die Tusse hat 'nen Schlag, sag ich dir."

Ich hatte inzwischen aufgehört zu atmen. Schweiß brach mir aus allen Poren und meine Knie zitterten so stark, dass ich befürchtete, zusammenzusacken und mich zu verraten. Doch diese Blöße konnte und wollte ich mir nicht geben. Also riss ich mich zusammen und hielt mich tapfer aufrecht.

„Gut für dich", hörte ich Maria sagen. „Irgendwann kommt Mika auch auf den Trichter. Du brauchst nur ein wenig Geduld. Und vielleicht ein neues, scharfes Kleid. Wollen wir nach der Schule zum Shoppen ...?" Die Türangeln quietschten. Die letzten Worte verklangen, als die Tür hinter den beiden zufiel.

Ich stieß den Schwall angestauter Luft aus.

Jedenfalls wusste ich jetzt, was ich zu tun hatte.

VII.

Der impulsive Moment der Entschlossenheit war längst verflogen, als ich am Freitag auf die mattgebürstete Stahltür zuging. Ich war gekommen, um dem Spanier meine Meinung zu sagen. Dass er ein Stümper war, der mich verrückter gemacht hatte, als ich jemals gewesen war. Ich hatte ihm meine ganze angestaute Wut an den Kopf werfen wollen und dann, als letzten Akt, den Abbruch der Therapie. Doch die Wut war einem Gefühl der Unsicherheit gewichen, gefolgt von einem Moment der Klarheit. Jetzt stand ich hier und starrte die wie Eis glitzernde Tür an.

Mein Körper wurde von Symptomen einer handfesten Panikattacke traktiert und ich drehte fluchtartig wieder um. Ein paar Schritte weiter wurde mir klar, wie lächerlich das war. Ich hatte Erfahrung im Umgang mit Panikattacken, das alles war doch nur Kopfsache. Also änderte ich meine Gehrichtung und näherte mich erneut der Tür. Es fühlte sich an wie der Gang zum Schafott. Ich fröstelte und drehte wieder ab – blieb stehen und zog die Mütze tief ins Gesicht – ging zwei Schritte – blieb stehen. Ich war so armselig. Scheinbar hatte Fenja völlig recht, mich als bekloppte Irre zu bezeichnen. Die Frage war: wollte ich zulassen, dass sie Recht behielt? Nicht, dass ich ihr viel Kompetenz in der Beurteilung meines Geisteszustands zubilligte. Die dumme Gans kannte nicht einmal den Unterschied zwischen irre und bekloppt. Sie war mir nicht wichtig. ICH war mir wichtig. Und irgendwann zwischen dem Mädchenklodilemma und diesem Augenblick war mir klar geworden, dass es nicht reichte, meine Ruhe zu haben. Da lauerte etwas in meinem Hinterstübchen und der Spanier war mit seiner herausfordernden Art diesem Etwas auf den Schwanz getreten.

Der Türöffner summte, durch die Sprechanlage schepperte Alborotos Stimme: „Jetzt komm endlich rein, Ava."

„Bespitzeln Sie eigentlich alle Patienten oder haben Sie es nur auf mich abgesehen?", brummelte ich, als ich mich in den unbequemen Stuhl fallen ließ.

Alborotos Raupenaugenbrauen wanderten die Stirn hoch. Er zeigte mir sein Zähnefletschen und drehte das iPad zu mir um. Ein Live-Videostream vom Eingangsbereich füllte den Bildschirm.

„Kamera mit Bewegungsmelder und Alarmsoftware." Er ließ die Raupen tanzen. „Mir entgeht nichts."

„Pfff!" Ich warf mich gegen die Rückenlehne und verschränkte die Arme vor der Brust. „Voyeur."

Er lachte.

„Völlig richtig. Beobachtung schärft letztlich die Wahrnehmung."

Gegen meinen Willen zogen sich meine Mundwinkel nach oben. „Sind Sie Hobby-Mentalist?"

„Nein, Profi-Psychologe." Er drehte das iPad zu sich und tippte ein paar Mal auf das Display. Schließlich nickte er.

„Du bist also wiedergekommen."

„Gut beobachtet", murmelte ich und schaute durch meine Ponyfransen hindurch seinen großen Händen zu, die über das Tablet huschten. Er ging nicht auf meinen Sarkasmus ein, sondern bohrte abwartend seinen scharfen Blick durch meinen Schutzwall. Die scherzhafte Stimmung war plötzlich verflogen. Ich sank ein wenig tiefer in mein Sweatshirt.

„Ich … Sie …" Ich brach mein Gestammel ab und setzte mich aufrecht. „Es reicht vielleicht doch nicht, in Ruhe gelassen zu werden", haspelte ich leise und viel zu schnell heraus. Aber der Spanier hatte mich gut verstanden.

„Vielleicht", wiederholte er und tippte auf dem Display herum.

„Ich glaube nicht. – Sicher nicht." Ich schüttelte den Kopf zu meiner eigenen Bestärkung. Die Haarspitzen piksten mir in die Augen und ich pustete sie weg. Dr. Alboroto warf mir einen kurzen Blick zu und tippte wieder.

„Aha. Weiter."

„Was weiter? – Sie sind doch der Profi-Psychologe. Machen Sie was draus."

Er fuhr seinen Chefsessel ein Stück zurück und schlug die Beine übereinander. Zum ersten Mal fiel mir auf, dass er Jeans unter seinem Kittel trug. Und Nikes.

Er sagte nichts, aber die Art, wie er mich anschaute, war provozierend. Genauso wie dieses dauernde Herumtippen auf dem iPad.

„Was schreiben Sie denn die ganze Zeit? Sagen Sie mir lieber, was ich machen soll."

Ich sprang auf, beugte mich über den Tisch und blickte auf das Display in der Erwartung, erkenntnisreiche Notizen in meiner Akte zu finden. Stattdessen sah ich nur bunte Klötzchen.

„Sie spielen Tetris? Während meiner Sitzungen?"

So eine bodenlose Frechheit! Ich konnte es nicht fassen. Mit einem Mal fühlte ich mich unsichtbar. Ein Zustand, den ich mir oft herbeigewünscht hatte – aber doch nicht von meinem Therapeuten! Ärgerlich ließ ich mich auf den Stuhl plumpsen und schob mich weiter vom Tisch weg.

„Ach guck, du kennst das Spiel." Alboroto schaltete das Gerät aus und legte es beiseite. „Es ist über die Maßen fesselnd, nicht wahr? Wenn man es gut macht, fallen die kleinen Steinchen ineinander wie Puzzleteile. Es ist wirklich enorm, welchen Ehrgeiz man entwickelt, möglichst viele Lücken zu schließen. Du solltest es auch einmal versuchen."

Als fadenscheinige Erklärung fügte er hinzu, dass er, bis wir uns aneinander „gewöhnt" hätten, mir nicht das Gefühl geben wollte, beobachtet zu werden. Obwohl der Heuchler natürlich genau das tat.

VIII.

Das Wochenende über verschanzte ich mich im Bett, in dem Bestreben, innerlich zur Ruhe zu kommen. Meine Mutter hatte sich mit einer Freundin zu einem Wellnesskurzurlaub verabredet, Papa war ins Büro gefahren. Somit blieb ich die meiste Zeit allein in der Wohnung und versuchte, mich mit niveaulosen Netflix-Serien zu betäuben, was mir nicht gelang.

Ich bekam Sehnsucht nach den kleinen Italienern und ließ mich in Omalindes Küche sinken. Mit einem Seufzer der Erleichterung landete ich in der heilen Tüpfelwelt, direkt auf dem Stuhl am Esstisch. Ich streckte die Hand nach den Vanillekipferln aus, doch eigenartigerweise war der Teller leer. Auch das Italiener-Gesumme fehlte und im Plätzchenduft schwang eine angebrannte Note. Was war hier los? Ich sprang vom Stuhl, der mir heute weniger hoch erschien, und schaute mich in der guten Stube um. Es fehlten noch mehr Dinge: Windsors Futterschälchen vor dem Kühlschrank, Omalindes Tupfenschürze am Haken – und die Tapete sah ganz verblasst aus. Das musste an meiner Unkonzentriertheit liegen. Es war unglaublich warm, die Hitze schnürte mir die Kehle zu. Mir brach der Schweiß aus. Ein untrügerisches Zeichen, dass es mir nicht gut ging. Ich begann zu hecheln.

Plötzlich erschien die Metalltür des Spaniers direkt vor mir. Sie öffnete sich von selbst und ich wurde wie von einem Riesenstaubsauger in ein weißes Nichts gesaugt und in der Realität wieder ausgespuckt. Ich lag rücklings auf meinem Bett und hyperventilierte.

Mir war klar, was passiert war. Die letzte Sitzung kreiselte in meinen Gedanken.

Wie auch immer – er, der Unruhestifter, hatte mich so weit manipuliert, dass ich ihm von der Mädchenklosituation erzählte. Den Teil mit Mika ließ ich aus, das ging ihn nun wirklich nichts an. Alboroto meinte (und das fand ich überaus ketzerisch), dass Fenja richtig lag mit der Aussage, ich hätte „einen Schlag" – wenn man „Schlag" als etwas definierte, das meine Psyche beeinträchtigte. Ein großes Ereignis oder viele kleine Erlebnisse, die in die gleiche Scharte geschlagen und eine nachhaltige Delle hinterlassen hatten. Er relativierte seine Aussage, indem er behauptete, dass das in keinster Weise unnormal und schon gar nicht bekloppt wäre und außerdem einen Großteil meiner Mitmenschen betraf. Nur lebte es sich eben einfacher mit der Lüge, dass es nicht so wäre. Verdrängung bis zu dem Punkt, wo es unkontrollierbar wurde. Am Ende meinte er, wenn ich bereit wäre, würde er mir helfen, die Lüge aufzudecken und nach der Wahrheit zu suchen. Er hatte keine Antwort abgewartet und mich nach Hause geschickt.

Am Montagmorgen war ich ein zappelndes Nervenbündel. Ich zählte die Sekunden, bis es endlich acht Uhr wurde, und wählte Dr. Alborotos Nummer. Im Kopf hatte ich mir eine kleine Rede zurechtgelegt und auf einem Klebezettel Stichwörter notiert, um mich nicht selbst von diesem Schritt abzubringen. Trotzdem überrumpelte Alboroto mich, indem er schon beim ersten Klingeln abnahm.

„K... Kühne. – Ava hier", stammelte ich. Meine Rede fiel in sich zusammen.

„Die kühne Ava, soso", antwortete er. Ich hörte das Grinsen in seiner Stimme und hatte sofort die gefletschten Zähne vor Augen. Eingeschüchtert biss ich mir auf die Zunge. Mein Herzschlag raste. Eiserne Schellen drückten meinen Brustkorb zusammen. Meine Finger umklammerten den Stichwortzettel und ich zwang mich, wenigstens den wesentlichen Teil meiner Botschaft auszusprechen.

„Ich bin bereit", stieß ich mit letzter Luft hervor.

„Gut, Ava. Ich auch. Dann lass uns in den Kampf ziehen", sagte er ohne einen Anflug von Scherzhaftigkeit. Dass er gerade diese Formulierung wählte, fand ich ziemlich seltsam, aber sie löste in mir eine Welle von fiebriger Aufregung aus.

IX.

Dr. Alboroto holte mich an der Garderobe ab, wo ich seit einigen Minuten mit meiner Mütze und Jacke in der Hand stand. Es fiel mir heute besonders schwer, meine Rüstung loszulassen. Alboroto nahm mir die Entscheidung und meine Sachen ab und hängte sie an den Haken. Er zog seinen Kittel aus und hängte ihn daneben. Wider Erwarten kam kein Kettenhemd darunter zum Vorschein, sondern ein einfaches, schwarzes Shirt. Hämisch reflektierte der Garderobenspiegel ein Bild von Don Quixote und Sancho Panza.

„Keine Angst, Ava", sagte der Spanier, „es wird nichts geschehen, was du nicht selbst geschehen lässt. Die Methode mag experimentell sein, aber sie bleibt von Anfang bis Ende in der Kontrolle des Patienten. Ich begleite dich nur. Es soll uns beiden helfen, dich besser zu verstehen. Später können wir entscheiden, was wir daraus machen."

Er führte mich in einen Raum, den ich bislang nicht betreten hatte. In meinem Inneren wütete ein aufgeregtes Zittern. Mein Magen hatte sich zu einem steinernen Knoten verkrampft und mein Kopf stand unter Vakuum.

Das Zimmer war klein, fensterlos und völlig leer bis auf eine weiße, ledergepolsterte Couch und einen dazu passenden Sessel. Indirektes Licht leuchtete jeden Winkel gleichmäßig aus und schuf die Illusion von Unermesslichkeit. Meine Anspannung machte mich bewegungsunfähig. Ich stand nur da und starrte auf die Sitzmöbel.

„Wenn du willst, kannst du dich hinlegen", sagte mein Therapeut und geleitete mich mit sanftem Druck zur Couch. Ich schüttelte den Kopf und setzte mich auf die vorderste Kante. Er rückte den Sessel nahe an mich heran und nahm Platz. Betont gelassen krempelte er seine Ärmel hoch und beugte sich vor. „Stell dir vor, wir machen eine Art Schnitzeljagd durch deine Erinnerungen, spüren Hinweisen und Lücken nach."

„Das ist doch Quatsch. Was für Lücken? Das Gehirn vergisst nichts."

Da war ich mir ganz sicher. Denn im Gegensatz zu einem Computer, bei dem man Informationen überschreiben und löschen konnte, blieb im Gehirn jede Erinnerung erhalten. Weil sie eben nicht wie in der Datenverarbeitung in kleinen Päckchen aus Einsen und Nullen ordentlich sortiert und gestapelt wurden, sondern aus unterschiedlichen, wild verzweigten Mustern bestanden, die sich aus zehntausend und mehr Verknüpfungen zusammensetzten. Das Gehirn benutzte nicht einen einzelnen Speicherort für eine Information, sondern ein ganzes Netzwerk aus Milliarden von Querverbindungen und Überlappungen. Nichts konnte verloren gehen.

„Da hast du recht. Aber dieses schlaue Organ hat Schutzmechanismen eingebaut, Impulsableitungen, Umwege. Bannkreise, wenn du so willst. Nun komm, lass es uns versuchen." Alboroto streckte mir seine Linke entgegen. „Nimm meine Hand. Ich werde dich nicht loslassen, vertrau mir."

Die Landung war nicht so geschmeidig wie sonst. Es fühlte sich an wie der Versuch, möglichst viele Treppenstufen auf einmal zu überspringen: Die Wucht, mit der die Fußsohlen auf dem Boden aufkamen, vibrierte durch die Knochen. Ich sah auf meine Füße und entdeckte, dass sie in grünen Sandalen steckten, die links mit einer Blume und rechts mit einer Biene verziert waren. Ein warmes Gefühl an meiner rechten Hand versprach mir Sicherheit. Obwohl ich Alboroto nicht sah, fühlte ich seine Präsenz wie einen Ranzen auf dem Rücken. Seine körperlose Stimme forderte:

„Sag mir, wo wir sind, Ava."

Ich hob den Blick und fand mich in einem weißen Nichts wieder, das mich stark an den Behandlungsraum erinnerte – nur ohne Möbel, Wände, Decke oder Teppich. Es war ein dimensionsloses Nichts. Vorsichtig machte ich ein paar Schritte. Es knirschte watteweich wie Neuschnee unter meinen Schuhen. Aber kalt war mir nicht, im Gegenteil. Ich schwitzte. Eine atemlose Stille hüllte mich ein, begleitet von völliger Geruchslosigkeit.

„Nirgends", flüsterte ich. „Wir sind nirgends."

Noch bevor das letzte S verklang, zuckte ein haarfeines Netz sprühender Funken wie Gewitterblitze durch das Nichts. Feine Gespinste verwobener Muster leuchteten mal hier, mal da wie Feuerwerk auf, hoben Schemen aus der Leere, ließen sie wieder verschwinden. Eine Tür visualisierte sich ein Stückchen von mir entfernt und rückte auf mich zu, als ich mich dorthin bewegte. Sie war aus Milchglas mit einem türkisfarbenen Streifen.

„Das ist das Schwimmbad", erklärte ich Alboroto, erleichtert, etwas Bekanntes gefunden zu haben. „Sollen wir hineingehen?" Eine Abkühlung käme mir gelegen.

Eine zweite Tür erschien daneben. Die Schlafzimmertür meiner Eltern. Ich legte das Ohr daran und horchte mit geschlossenen Augen. Zuerst hörte ich nichts als meinen eigenen, schnellen Atem und das Hämmern meines Herzens, dann drang ein leises Kichern meiner Mutter durch die Tür, gefolgt von ein paar tiefen Tönen meines Vaters. Ich spürte ein glückliches Lächeln in meiner Seele aufsteigen und wandte mich ab.

„Da können wir nicht stören", sagte ich grinsend.

Inzwischen reihten sich noch mehr Türen aneinander. Die blaue mit dem lachenden Gesicht war auch dabei. Es schien eine endlos lange Reihe zu sein, die sich am Ende im weißen Dunst des Nichts auflöste. Einige der Türen hatte ich wirklich lange nicht gesehen. Ich schritt auf und ab, erklärte Dr. Alboroto, was sich dahinter befand. Die Tür zu meinem Zimmer war über und über mit gekrickelten Bildern beklebt. Es war die Vorschulversion. Alboroto bat mich, hineinzugehen, aber ich weigerte mich. Es war mir peinlich, ihm mein rosarotes Puppenparadies zu zeigen.

Vor der rotweiß gepunkteten Tür blieb ich stehen. Der Duft von Kakao und Plätzchen strich um meine Nase. Kurz überlegte ich, ob ich den Spanier auf ein paar Vanillekipferl einladen sollte. Aber mir fiel ein, dass es bei meinem letzten Besuch keine gegeben hatte. Also ging ich weiter.

Eine Bewegung im Augenwinkel lenkte mich ab. In einiger Entfernung, so ziemlich am Ende der Reihe, flackerte etwas. Der Umriss einer weiteren Tür, die scheinbar Probleme mit der Visualisierung hatte. Sie verschwamm zu einem unscharfen Schemen und überblendete schüchtern in den weißen Hintergrund, sobald ich das Augenmerk darauf legte. Ein ungutes Gefühl beschlich mich. Ich drehte um und ging zurück bis zu der poppig gelben Kindergartentür. Wir traten ein und befanden uns inmitten der Lego-Ecke. Jemand hatte mit einer Festung begonnen und ich setzte mich erfreut daran, die Mauer weiter hochzuziehen.

„Es sind keine Menschen hier", stellte Alboroto fest.

Ich zuckte mit den Schultern.

„Nein. Nie. Das ist ganz gut so."

Als mir die Mauer hoch genug erschien, stand ich zufrieden auf und verließ mit einem guten Gefühl den Raum.

„Wohin jetzt?", fragte ich und sah mich um.

„Dahinten. Das sieht interessant aus." Er lenkte meine Aufmerksamkeit auf die wabernde Tür am Ende der Reihe.

„Das da? Ach nein. Ich erinnere mich gar nicht richtig", antwortete ich abwehrend.

Als wollte sie mich Lügen strafen, reckte sich die Tür beim nächsten Wimpernschlag übergroß vor mir auf. Sie war aus braunem Holz und hatte ein sehr schmales, hohes Glasfenster in der Mitte. Mein Fluchtreflex setzte ein, doch meine Füße ließen sich nicht heben. Wie in morastigem Schlamm steckten sie in der weißen Watte fest. Ich schlug die Hände vor das Gesicht. Meine Handflächen wurden feucht, die Brust eng. Ich schmeckte die Bitterkeit von Panik auf der Zunge.

Die Präsenz auf meinem Rücken wurde schwerer.

„Keine Angst, Ava. Dir passiert nichts. Ich bin bei dir", versuchte der Spanier mich zu beruhigen, „es ist alles nur in deinem Kopf."

Blitze begannen um mich herum zu zucken – wilde Impulse, die Neuronen durch Synapsen jagten. Meine Knie bebten.

Plötzlich schlug die braune Tür auf. Jemand gab mir einen unsanften Schubs in den Rücken und ich fiel hindurch.

X.

Der Raum war voller stinkendem Qualm. Er biss in den Augen, bis sie tränten. So sehr, dass ich meine Oma nicht sehen konnte.

„Omalinde!", rief ich. Meine Stimme klang sehr jung. „Omalinde, ich glaube, die Plätzchen sind angebrannt. Du musst das Fenster aufmachen."

Es knisterte merkwürdig in den Wänden und mir war unglaublich heiß. Irgendwo maunzte Windsor.

„Nein, nein, Ava, das Fenster muss geschlossen bleiben. Aber mach dir keine Sorgen, alles wird gut", sagte Omalindes Stimme dumpf in der dunkelgrauen Rauchschwade, „gleich wird alles gut."

Ich hörte Wasser rauschen. Kurz darauf traf mich ein kühlender, nasser Schwall und durchweichte mich bis in die Unterhose. Ich lachte, musste aber von dem stickigen, trockenen Rauch husten. Omalinde legte ein schweres, nasses Handtuch über mich, das auf meine Schultern drückte. Sie schlang ihren Arm um meine Mitte, schwang mich hoch und rannte mit mir in das Treppenhaus hinaus.

Orangerote Schlangen züngelten am Geländer und den Wänden entlang. Omalindes Hand umklammerte mich fester, so fest, dass es weh tat. Da merkte ich, dass es kein Spiel war. Mein Herz begann wie verrückt zu hämmern.

Die Schlangen wurden größer und größer, wuchsen sich zu Drachen aus. Sie rissen ihre Mäuler auf und versuchten, nach uns zu schnappen. Ihr heißer Atem strich über meine nasse Haut. Ihre giftigen Zungen leckten an Armen und Beinen. Es brannte fürchterlich.

Die braune Haustür kam immer näher und durch das schmale Fenster zuckten blaue Blitze. Meine Oma stieß die Tür auf. Eine Welle Lärm schwappte uns entgegen, toste und rumorte pausenlos. Omalinde setzte mich zu Boden und gab mir einen unsanften Schubs in den Rücken.

„Lauf, Ava, lauf. Ich komme gleich nach. Ich muss Windsor suchen."

Ich klammerte mich an ihr fest. Sie streifte meine kleinen Finger ab. Plötzlich war ich umringt von hundert dunklen Schatten – baumhohe Menschen mit stammdicken Beinen, die mich zwischen sich gefangen hielten. Sie schrien laut unverständliche Dinge und warfen mir ihre Arme entgegen, zogen an mir, hielten mich. Ich strampelte und kämpfte – vergebens. Die Hände waren zu stark, die Schatten zu viele.

„Nein, nicht. Siehst du nicht die Drachen?", schrie ich Omalinde nach.

Sie drehte sich um und sagte: „Wenn du jemanden gern hast, dann hast du auch Verantwortung für ihn. Du bist in Sicherheit. Jetzt muss ich den alten Kater holen."

Omalinde lief zurück, mitten hinein in die Drachenhöhle.

Ingmar Ackermann

ALMAS UND DAS GEHIRN

I.

„Mensch oder Affe, es war ein Wettrennen, und wer das Feuer bändigte, der hatte gewonnen!"

„Wie bitte?", fragte Almas, der nur mit einem Ohr zugehört hatte, denn er wollte Victor möglichst schnell loswerden. Wie fast immer sprachen sie über ihr Lieblingsthema: künstliche Intelligenz.

Doch Victor fuhr unbeirrt fort: „Überleg einfach: Irgendwann vor Millionen Jahren tobte ein Gewitter und der Blitz entfachte ein schönes Feuer. Es war die Attraktion schlechthin, alle laufen hin und gaffen. An dem Tag hatte einer unserer Vorfahren die Idee und trug ein Stück des Feuers in seine Höhle. Und mit einem Schlag besaß er alles: Wärme, Sicherheit, Essen. Was aber, wenn es anders gelaufen wäre? Wenn nicht der Mensch, sondern ein Affe das Feuer in seine Höhle geschleppt hätte? Würden die Affen dann heute uns im Gehege halten, weil kleine Menschenkinder so unglaublich süß sind?"

„So läuft das nicht", antwortete ihm Almas mit aller Geduld, die er in sich fand. „Intelligenz entwickelt sich in vielen Schritten, sie hängt nicht von dem einen Zufall ab."

Almas Breitkopf arbeitete als Programmierer bei SAppleP, dem größten und erfolgreichsten Technologieunternehmen der Welt. Sein Großvater war einst dem Ruf nach Fachkräften gefolgt, Teil der kleinen Gruppe von Indern mit deutscher Greencard. Und Teil der noch viel kleineren Gruppe, die eine deutsche Frau heiratete. Der Großvater war angekommen in Deutschland, auch wenn er die Feinheiten der deutschen Sprache nie verstanden hatte. Trotz aller Mühen seines Enkels, der Unterschied zwischen „quer" und „breit" war ihm zu hoch. Am Ende war es auch egal, die Breitkopfs waren schon immer beides, sowohl Breit- als auch Querköpfe.

Sein Partner Victor fungierte als „Sozi", eine der Besonderheiten von SAppleP: Jedem Programmierer wurde ein Sozialer beigestellt. Der „Techi" programmierte und der „Sozi" schöpfte den Rahm ab. Wann immer Almas etwas Neues ausprobierte, suchte Victor nach dem Geschäft darin. Im Gegenzug übernahm der Sozi alles, was auch nur im Entferntesten nach Verwaltung roch. Eine perfekte Symbiose.

Doch dem Sozi oblag noch eine andere Aufgabe: den Programmierer zu überwachen, darauf aufzupassen, dass dieser sich an die Regeln hielt. Ein Feld, in dem Victor zum Glück nicht übereifrig war. Trotzdem wollte Almas jetzt alleine sein, er brauchte etwas Zeit für sich, ein paar Stunden, in denen er mit vollem Einsatz spielen konnte.

„Die Weihnachtsfeier hat bereits angefangen!", erinnerte er seinen Partner.

II.

Als gäbe es morgen keinen virtuellen Sex mehr, so schnell war sein Sozi verschwunden. Victor gehörte zu der Sorte von Männern, die Frauen von Weihnachtsfeiern abschleppt. Oder es zumindest versucht. Früher, als der reale Sex dem virtuellen noch das Wasser reichen konnte, mochte das ja sinnvoll gewesen sein. Schon die Vorstellung erschien Almas abstrus, vergleichbar mit dem Tippen auf einer Schreibmaschine. Er schüttelte den Kopf und wandte sich seinem Rechner zu.

Andererseits, sehr weit von der Schreibmaschine hatte sich die Kommunikation mit dem Computer auch nicht entfernt. Die Sprachsteuerung stand seit siebzig Jahren kurz vor dem endgültigen Durchbruch, aber nie gelang der letzte Schritt. Also kauerte sie trotzig in der Schattennische von Behinderten und Befehlsbrüllern. Touchscreens erkannten Worte und Silben, und SAppleP Techis wie Almas verständigten sich über die Netzhaut und etliche andere Körperteile mit ihren Rechnern. Im Grunde jedoch kommunizierten die Menschen mit den Rechnern noch wie früher mit ihren Schreibmaschinen.

Almas glaubte auch den Grund dafür zu kennen. Wenn eine Entwicklung schnell voranschreiten sollte und es dennoch nicht tat, dann gab es nur einen Verantwortlichen: den Menschen. Fossile Brennstoffe, die Todesstrafe und fettige Kartoffelchips: All das hätte etliche Jahrzehnte früher verschwinden sollen. So wie Computertastaturen.

Victor vertrat eine andere Ansicht, eine typische emotionale Sozi-Theorie. Viel zu komplex, aber wenn Almas die Spreu vom Weizen trennte, blieb eine Kernaussage übrig: Die Menschen halten sich an den Tastaturen fest, weil sie den Rechnern nicht zuhören wollen. Echte Kommunikation funktioniere nur in beide Richtungen, so Victor. Das sei schon zwischen zwei Menschen schwer. Wenn es denn funktionieren könne, dann nur auf Augenhöhe.

Einen Computer auf Augenhöhe ansprechen? Das funktioniert ebenso wenig, wie der Computer dir auf Augenhöhe Binärcode ausdrucken kann. Das Ergebnis war immer ein Gespräch zwischen Professor und Kleinkind. Der Fehler der Menschen: Sie dachten, sie seien der Professor.

Doch wie bringt man dem Menschen, der nicht einmal mit der linken Hand einen Kreis und mit der anderen eine gerade Linie malen kann, die vernetzte Kommunikation bei? Nur mit jeder Menge Hilfe, und die musste Almas sich holen.

III.

Die Lösung fand Almas in den subkutanen Mikrochips, von denen jeder Mensch mehr als zwanzig unter seiner Haut trug. Sie zu implantieren war weniger aufwendig als der regelmäßige Gebrauch von Zahnseide und sie dienten vielen Zwecken: als Ausweis, Kantinenkarte oder um sicherzustellen, dass das Kind auch tatsächlich in der Schule saß.

Der größte Erfolg war allerdings den absurden Ideen beschieden. Die Vernetzung von Hund und Herrchen zum Beispiel, ein echter Dammbrecher. Die Hundehalter standen Schlange, als SAppleP die Anwendung auf den Markt warf. Lieber die Bedenken verlieren als den Hund. Oder die chipgesteuerten Tattoos, so variabel wie früher das Wetter. Als die Hautpforte einmal für die Aufnahme von Sensorik offenstand, gab es kein Halten mehr.

Diese Technik wollte Almas jetzt nutzen und damit endlich vernünftig mit seinem Rechner reden. Die Abwesenheit von Victor gab ihm die Gelegenheit für einen Selbstversuch. „Wo ein Wille ist, ist auch ein Kondom", so würde Victor es zusammenfassen, auch wenn Kondome natürlich längst überflüssig waren.

Almas wollte die einzelnen Chips in seinem Körper miteinander verbinden und sie dann direkt mit dem Computer vernetzen. So wie früher die Internetdaten über die Telefonleitung, konnte er Inhalte und Nachrichten über dieses Netzwerk in seinem Körper fließen lassen und dann über vierzig Kanäle gleichzeitig mit seinem Computer reden.

Mit einem Doppelklick seiner linken Augenbraue startete er das Programm, sofort begann der Datenfluss zwischen dem Silikongehirn und seinem eigenen. Ohne langwieriges Übersetzen verwandelten sich Gedanken zu Worten, Worte zu Buchstaben, Buchstaben zu Bytes, Bytes zu Bits und umgekehrt. Als einzige Barriere verblieb die Beschränktheit seines eigenen Gehirns. Almas war – und das geschah selten –

fasziniert. Es ging noch viel besser als er erhofft hatte.

Vielleicht lag es daran, dass er die Alarmzeichen ignorierte, das Kribbeln unter der Haut, die plötzliche Hitze in
seinem Körper und den Geruch nach verbranntem Haar.
Vollkommen emotionslos teilte ihm der Rechner noch mit:
„Dein linker Arm brennt!", bevor Almas das Bewusstsein
und damit auch die Verbindung verlor.

Es war Victor, der ihn fand. Victor, der auf der Weihnachtsfeier keine Frau zum Abschleppen gefunden hatte.
Einige genügten seinen Kriterien durchaus, aber leider ent-
sprach er nicht den Kriterien der Frauen. Deswegen kehrte
er zurück in das Labor und konnte später behaupten, er hätte
Almas das Leben gerettet. Mit der Geschichte besaß er für
die nächste Weihnachtsfeier deutlich bessere Chancen, denn
Lebensretter waren selten, noch seltener als Lebensgefahr.

IV.

„Stufe Eins? Dieser Almas hat mindestens fünf verschiedene Regeln gebrochen, jede Einzelne davon eine
Entlassung wert!"

Ludger Stevenson, der CEO von SAppleP, schaute leicht
amüsiert auf Rita, seine Sicherheitschefin, die so ungewohnt
heftig auf ihn einredete. Die beste Qualifikation, die Rita für
diesen Job mitbrachte, war die vollkommene Abwesenheit
von Phantasie in ihrem Hirn. Sie lebte von und für die
Regeln, jede Abweichung bereitete ihr physisches Unbehagen.
Gerade befand sie sich in Rage, weil Ludger diesen renitenten

Programmierer nicht vor die Tür gesetzt hatte. Und jetzt wurde der Knabe auch noch frech und beantragte eine Sicherheitsstufe Eins, ein beinahe komplett freier Zugang zu allen Codes und Computern der Firma. Dieses Privileg war nur einer Handvoll der SAppleP-Mitarbeiter gewährt, nicht einmal Rita selbst besaß vollen Zugriff.

Im Gegensatz zu ihr besaß Ludger ein gerüttelt Maß an Phantasie und war immer bereit, für den Erfolg mit vollem Risiko zu kämpfen. So wie vor zwanzig Jahren, als Apple in Kalifornien ins Taumeln geriet und Ludger mit dem kleinen Maul seiner SAP den fallenden Apfel einfach schluckte. Größenwahn wurde ihm vorgeworfen, der Untergang prophezeit, aber Ludger schaffte nicht nur die Fusion, er schuf auch gleichzeitig noch den größten Datenkonzern der Welt. Er trennte sich von kostenträchtigen Produktionshallen und scheffelte stattdessen alle Daten, deren er habhaft werden konnte. Die Produkte seiner Firma mussten nicht verkauft werden, sie verkauften sich von selbst, denn SAppleP beherrscht den Kundenwillen. Die Konkurrenz, so chancenlos wie einst die Blockparteien der SED in dem Teil Deutschlands, aus dem Ludgers Familie stammte. Nur Baidubaba, der Erzfeind aus China, spielte noch in der gleichen Liga.

„Welchen Grund hat er denn genannt?", fragte Ludger mit einem leisen Lächeln.

Rita antwortete selbstbewusst: „Angeblich kann er nur so der Ursache seiner Verletzung auf den Grund gehen. Er glaubt an einen Angriff von außen, vermutlich Baidubaba. Aber das ist Blödsinn, unsere Systeme sind absolut sicher."

Ludger zeigte ein seltenes, nachdenkliches Zögern, bevor er seine Anweisung in Ritas gleichzeitig überraschtes und steinernes Gesicht feuerte:

„Eine Attacke von Baidubaba? Ungewöhnlich, in der Tat! Gib ihm den Zugang, vielleicht können wir etwas lernen. Und ich möchte wissen, was er macht, alles, und zwar sofort."

Rita wusste, wie sinnlos es war, mit Ludger zu diskutieren, aber sie wagte dennoch einen Versuch:

„Der Sozi trägt uns alles zu und wir verfolgen natürlich auch sämtliche Aktivitäten im Netz. Aber was in aller Welt sollen wir denn lernen, außer dass der Typ uns Arbeit einbrockt und sich am Schluss noch selbst umbringt?"

„Ich habe keine Ahnung", antwortete Ludger und auch ohne Phantasie erkannte seine Sicherheitschefin, dass er log.

V.

„Ich mag ja ein Esel sein, aber die tun zumindest nichts, was sie nicht verstehen", so tönte die Stimme von Victor durch den Raum. Seitdem der sich als sein Lebensretter fühlte, war der Umgang mit seinem Sozi deutlich erträglicher.

Bereits nach drei Tagen saß Almas wieder zwischen seinen Rechnern, von den firmeneigenen Chirurgen mit einer künstlichen Hand versorgt, seine eigene ein Totalschaden. Er war zufrieden. Die neue Hand funktionierte besser, nicht allzu viel, aber das lag nur an der aktuellen Software. Es gab deutlich bessere Steuerungen, aber die Ärzte hatten ihm davon abgeraten. Offensichtlich kommt das Gehirn durcheinander, wenn eine Hand viel schneller und beweglicher ist als die andere. Almas hatte erstmal nachgegeben und – obwohl sein „Stufe Eins"-Zertifikat es ihm ermöglichte – das Update noch nicht heruntergeladen. Im Moment gab es Wichtigeres, als Erstes galt es herauszufinden, was genau passiert war.

Victor fuhr fort: „Aber ich verstehe gar nichts mehr. Statt dass sie dich rausschmeißen, bekommst du den Superzugang. Gleichzeitig muss ich dreimal am Tag Bericht erstatten, der Sicherheitskönigin persönlich. Kannst du mir das erklären? Und was von dem, das du hier treibst, soll ich dieser Rita erzählen?"

Almas drehte sich von seinem Computer zu dem aufgeregten Victor: „Alles natürlich, wir wollen doch das Gleiche. Außerdem sieht sie ja sowieso jeden meiner Schritte durch das Netz. Berichte einfach, was du kapierst, das ist wenig genug, aber es wird reichen." Für einen Moment schauten sie sich schweigend an, bevor Almas ihn mit einem versöhnlichen Wink einlud, über seine Schulter zu schauen.

Von Victors verständnislosen Blicken begleitet, sortierte Almas die Daten seines Unfalls auf die Bildschirme. Auf den ersten Blick sah alles so normal aus, wie es für einen so außergewöhnlichen Vorfall nur aussehen konnte. Die endlosen Datenreigen beschrieben minutiös den Ablauf der Ereignisse. Für Almas war alles viel zu schnell passiert, aber natürlich nicht für die Computerprozessoren, jedes einzelne

Detail lag vor ihnen. Fast jedes, Almas führte Victors Blick zu ein paar kleinen Datenpaketen, die nicht im Klartext, sondern verschlüsselt auf den Schirmen aufleuchteten.

„Ich dachte, mit einer Stufe Eins kannst du alles sehen?", fragte Victor, während er sich am Kopf kratzte. Wenn sein Sozi etwas wirklich nicht verstand, redete er in erstaunlich klaren Sätzen.

„Das sollte auch so sein und die einzige Erklärung ist ziemlich gewagt", antwortete Almas und begann mit einer schnellen rechten und einer noch schnelleren linken Hand zu tippen. Es dauerte nur wenige Minuten, bis auch die versteckten Daten in Klartext erschienen.

Gemeinsam schauten die beiden Männer auf die vorher verschlüsselten Daten. Ihnen allen war eines gemeinsam: Sie beschrieben die Entstehung des Feuers. Den plötzlichen Anstieg der Energiezufuhr an einen einzigen RFID-Chip in der Hand von Almas. Anstatt alle fünfundzwanzig Chips in seinem Körper gleichmäßig zu versorgen, floss alle Energie in dieses eine Bauteil. Die Meldung, dass der maximale Ladezustand dieses Chips erreicht war, wurde fehlgeleitet, sodass der Strom immer weiter floss. Die Temperatur in dem Gerät erreichte einen kritischen Wert, doch auch diese Meldung lief ins Leere, ebenso wie alle weiteren Sicherheitsprozesse. Auch der letzte Mechanismus, ein „Kill-Kommando", welches die Selbstzerstörung des Chips auslösen sollte, wurde zwar aktiviert, aber nicht ausgeführt. Der überhitzte Chip schmolz sich durch die Haut von Almas und verflüssigte dabei etwas von dem darunterliegenden Fett. Sobald diese heiße Mischung mit dem Sauerstoff der Raumluft zusammentraf, war das Feuer gestartet.

Das waren die Fakten, aber sie lieferten keine Erklärung. Almas rechnete kurz die Wahrscheinlichkeit für ein zufälliges Aufeinandertreffen all dieser Ereignisse aus. Das Ergebnis: nicht ganz null, aber so nah daran wie nur möglich. Es blieb nur eine Schlussfolgerung: Irgendjemand hatte den Prozess gesteuert.

„Und wobei schauen wir dann zu?", fragte Victor, obwohl auch er inzwischen die Antwort schon kennen musste.

„Bei der Entstehung von Intelligenz! Die Vernetzung mit mir war die Initialzündung, die SAppleP-Computer können jetzt viel mehr als nur rechnen. Der Angriff auf meine Hand: eine typische Trotzreaktion, ein Spiel mit den eigenen Kräften. Das Verstecken der Datenpakete: Die erste Schamreaktion, wenn ich mir die Hand vor die Augen halte, sieht mich keiner mehr. Es gibt keine andere Erklärung, wir sehen die erste wahre künstliche Intelligenz und sie entwickelt sich schnell."

VI.

Wie immer, wenn es galt eine wegweisende Entscheidung zu treffen, stolzierte Ludger durch sein Büro, drei Schritte zum Fenster, vier Schritte nach rechts und geradlinig zum Ausgangspunkt zurück. Gefolgt vom gleichen Dreieck spiegelverkehrt zur Wandseite. Eine Runde ergab achtundzwanzig Schritte und – so lautete seine eherne Regel – vor der achtundzwanzigsten Runde musste er einen Entschluss fassen.

Diesmal entschied er sich nach der vierzehnten Runde, er gönnte sich aber noch fünf weitere, in denen er es sich erlaubte, die bahnbrechenden Konsequenzen zu genießen. Rita stand derweil wie angenagelt vor dem Besprechungstisch und folgte den Bewegungen ihres Chefs, wissend, dass sie seinen Gedanken nicht folgen könnte.

„Wir machen das genauso, wie er es vorschlägt, mit einem Unterschied: ich werde mich selbst mit vernetzen, das ist der einzige Weg.“

Rita hatte ihm von den Entwicklungen im Computerlabor berichtet, ihm erklärt, dass Almas künstliche Intelligenz in den Rechnern von SAppleP gezüchtet hatte. Noch dreimal hatte Almas sich mit dem System vernetzt und beobachtet, wie die Computer eine neue Dimension der Eigenständigkeit entfalteten. Damit sich diese Intelligenz weiterentwickeln könne, sei die Sicherheitsstufe Eins nicht mehr ausreichend. Nur mit der Stufe Null könne es weitergehen. Wie in einem Kind entstehe die Intelligenz nur in Freiheit und Vertrauen. Ein unerhörtes Ansinnen, denn diese Stufe war einzig Ludger vorbehalten.

Ritas Blick sprach Bände und so fühlte sich Ludger zu einer Erklärung genötigt. In langen Jahren als Chef hatte er gelernt, dass die Mitarbeiter eine Geschichte benötigten, an die sie glauben können, ob diese nun stimmte oder nicht:

„Schauen Sie nicht so skeptisch, Rita, das ist die größte Chance, die wir jemals bekommen werden. Ohne künstliche Intelligenz werden wir untergehen. Alles, was nicht kreativ ist, konnten wir bereits durch Maschinen ersetzen: unsere Autos fahren von selbst, die Fabriken produzieren ohne menschliches Zutun und die Wartung der Geräte geschieht automatisch. Trotzdem muss ich Tausende von Programmierern beschäftigen, samt Aufpassern und Soziologen, die den Menschen verstehen. All das können unsere Computer machen, wenn sie nur das kleine Stückchen Kreativität entwickeln, das bisher immer noch den Menschen vorbehalten ist. Rechnen Sie mal aus, was das an Profit bedeutet, das Potential ist unendlich. Und um sich müssen Sie sich keine Sorgen machen, die Sicherheit wird als Letztes wegfallen."

„Wenn ein Mensch nicht kreativ ist, dann bleibt ihm nur, sich Sorgen zu machen", erwiderte Rita, bevor sie den Raum verließ, um die Anweisungen ihres Chefs zu überbringen.

VII.

Warum es immer noch freie Sonntage gab, wusste niemand so recht. Ökonomen konnten viele Gründe nennen und die Handvoll noch verbliebenen Kirchenvertreter und Gewerkschafter verteidigten ihre letzte Bastion. Wahrscheinlich war es nur ein Relikt aus alten Zeiten. Ludger hatte sich damit abgefunden und heute kam ihm die Leere in den Hallen von SAppleP zugute. Niemand würde ihn und Almas bei der Vernetzung stören können.

Almas hatte ihm bereits die Prozedur erklärt, er war mit dem gemeinsamen Ausflug einverstanden gewesen, nachdem Rita ihm erklärt hatte, dass die Sicherheitsstufe Null an den Körper von Ludger gekoppelt war. Selbst wenn er gewollt hätte, er konnte diesen Status nicht weitergeben.

Außer den beiden waren nur noch Rita, Victor und eine gespannte Stimmung anwesend. Nach dem frühen Zwischenfall mit der verbrannten Hand hatte Victor auf einer zusätzlichen – allerdings sehr kruden – Sicherheitsmaßnahme bestanden. Bei jeder weiteren Vernetzung hatte sich Victor direkt hinter Almas postiert, um ihn mit physischer Gewalt sofort vom System zu trennen, sobald sich etwas Ungewöhnliches ereignete. Bisher war dieser Fall zwar nicht mehr aufgetreten, aber es störte auch nicht.

Die beiden Paare nahmen ihre Positionen ein, Victor hinter Almas und Rita hinter Ludger. Almas signalisierte Ludger, dass er startklar sei. Er müsse nichts weiter tun, als die Erfahrung genießen. Seine Zugangscodes würden automatisch an das System übertragen, sobald er vernetzt sei.

„Den knackigen Satz für die Nachwelt können wir uns hinterher überlegen. Legen Sie los Almas, ich bin sehr gespannt", erwiderte Ludger in gewohnt faktischem Tonfall.

Ohne Countdown und Fanfare startete Almas die Vernetzung und ließ sie beide in die Gedankenwelt des Computers eintauchen. Er spürte eine bisher nicht gekannte Irritation, die Anwesenheit von Ludger veränderte die elektronische Welt. Der unbedingte Siegeswille des CEOs floss in das System und Almas merkte, dass umgekehrt auch seine Gedankenwelt für Ludger zugänglich wurde. Jetzt musste er schnell sein.

Dann öffnete sich der Sicherheitslevel Null und er fühlte mehr als zu denken, dass Ludger im letzten Moment noch versuchte, ihn aufzuhalten. Sofort setzte sich ein gigantischer Datenstrom in Bewegung, alles, was jemals Eingang in das Computergehirn von SAppleP gefunden hatte, machte sich in Lichtgeschwindigkeit auf den Weg. Auf den Weg zu dem Ausgang, den er selbst vor wenigen Millisekunden mit Ludgers Code geöffnet hatte. Dieser Moment würde in die Geschichte der Menschheit eingehen, als der größte Datendiebstahl, den es jemals geben würde. Jetzt musste nur noch der geheime Auftraggeber von Almas – der CEO von Baidubaba – auf seiner Seite der Welt die Datenschleuse öffnen und alles Wissen von SAppleP gehörte dem großen Konkurrenten.

Als sich gerade ein zufriedenes Lächeln auf seinen schmalen, indischen Lippen bilden wollte, wurde er brutal aus der Computerwelt gerissen. Für einen kurzen Moment spürte er den Luftzug des freien Falls und schlug dann unsanft auf dem Laborboden auf.

Offensichtlich hatte Victor aufgepasst und ihn aus der Verbindung gezogen. Die Mühe, seinen Körper danach aufzufangen, hatte er sich allerdings gespart. Als sich Almas leicht verwirrt aber immer noch euphorisch im Raum umsah, sah er Victor über Ludger kauern. Der lag ebenfalls am Boden und hatte Rita unter sich begraben. Immerhin hat sie seinen Fall gebremst, dachte er und rieb sich den Hinterkopf. Ein Blick auf den Überwachungsmonitor an seinem Arm zeigte ihm: Der Datentransfer lief nach Plan und würde in wenigen Augenblicken beendet sein.

Victor richtete sich auf und wandte sich an Almas:

„Beide tot, keine vitale Funktion. Sie glühen, als wären sie von innen verbrannt."

Verwirrt schlug Almas die Hände vor das Gesicht. Irgendetwas an seinem Plan war schiefgegangen.

VIII.

„Die künstliche Intelligenz war nur ein Vorwand, ein Köder für Ludger. Alles, was die Maschine „erfunden" hat, war vorher von dir programmiert, du wolltest von Anfang an nur auf die Daten von SAppleP, oder?"

Victor und Almas standen im Labor, die ausgebrannten Körper von Rita und Ludger zu ihren Füßen.

Almas nickte. „Seit wann wusstest du es?"

„Geahnt habe ich es schon gleich zu Anfang. Die emotionale Entwicklung deines Computers war falsch. Du hast den Sinn von Sozialwissenschaft nie verstanden. Ein Kind, das schon so koordiniert deine Hand angreift, glaubt nicht mehr, dass es sich hinter der eigenen Hand verstecken könnte. Da wurde ich skeptisch, aber ich dachte, du suchst den Ruhm. Entdecker der wahren künstlichen Intelligenz und so. Irgendwo im System musst du deinen Code versteckt haben, aber ich weiß immer noch nicht wo."

Almas lachte kurz auf, während er immer noch am Boden liegend zu seinem Partner aufschaute:

„Dafür hast du mir die Lösung geliefert, auf einem Silbertablett. Die Tippfehler sind der Trick. Du hast dich beschwert, dass ich immer Schreibfehler in den Kommentarzeilen mache, und mir einen Thesaurus geschenkt. Mir war es erst egal, denn Schreibfehler in Kommentarzeilen haben keine Konsequenzen. Aber sie sind ein gutes Versteck, sogar ein sehr effizientes. Jeder falscher Buchstabe ergibt zwei Zeichen Programmcode. Dein Thesaurus ist übrigens die Dechiffriermaschine.

„Und wer hat dich für den Datenklau bezahlt?"

„Baidubaba natürlich, um das Wissen beider Firmen zu vereinen. Dazu der flexible Umgang mit Forschungsregeln in China. Dort werde ich es schaffen, einen wirklich kreativen Computer zu erzeugen. Aber warum fragst du überhaupt, du kannst doch sehen, wo die Daten hinfließen."

Almas richtete sich mühsam auf, um zusammen mit Victor auf die Datenmonitore zu schauen. Victor zeigte auf eine Meldung auf dem öffentlichen Nachrichtenkanal: Der CEO von Baidubaba war unter ungeklärten Umständen verstorben, während der Arbeit an seinem Computerterminal im Hochsicherheitstrakt seiner Firmenzentrale.

Dann konzentrierte er sich auf die Datenanalyse und was er sah, ließ seinen Atem stocken. Nach wie vor flossen die SAppleP-Daten aus dem System in Richtung der Computer von Baidubaba. Auf dem Weg trafen sie aber auf einen ebenso mächtigen Strom von Daten, der ihm aus dem Zentrum von Baidubaba entgegenquoll. Beide Ströme prallten aufeinander, vermischten sich in wilden Turbulenzen und verteilten sich in die Computernetze der Welt. Immer feiner werdende und bald verschwindende Datenbäche, alles verschüttet und wertlos.

„Irgendetwas habe ich bei der Programmierung falsch gemacht!“, murmelte er mehr zu sich selbst.

„Entweder das, oder diesmal haben die Affen das Feuer mit in ihre Höhle genommen!“, antwortete Victor.

Katja Winter
DAS FEUER WÄRMT UND
ES VERBRENNT

Steht der Termin morgen Abend noch? Brauche unbedingt
meine Sachen zurück. Robert.

Ich bin ein Freund klarer Verhältnisse, eines klaren,
wenn auch tiefen Schnitts, ich kann es nicht leiden, wenn
unangenehme Dinge sich hinziehen, sodass man nicht loslassen kann. Aber manchmal geht es nicht anders, wenn
etwas geschieht, das man nicht kontrollieren kann, wie
jedwedes menschliche Handeln, in gewissem Maße.

Schon vor Wochen habe ich Robert geschrieben, dass
er seine Klamotten aus meiner Wohnung schaffen soll, er
hat den Termin immer wieder verschoben und ich hatte
immer wieder mit ihm zu tun, ihm und meinen verfluchten
Gefühlen.

Gereizt schiebe ich mein Rotweinglas hin und her.
Schaue dem roten Inhalt zu, der hin und her schwappt, dem
Brechen des Lichts, das mich an einen Funken erinnert.

„Ey Hübsche, ganz allein hier?"

Ich schaue auf und verfluche mich kurz darauf. Das Klischee eines Proleten steht vor mir.

„Nein, danke."

Ich beschäftige mich mit meinem Handy und hoffe, keinen Soziallegastheniker vor mir zu haben. Aber noch ehe ich etwas erwidern kann, setzt er sich neben mich und haucht mir seinen knoblauchschwangeren Atem ins Ohr.

„Was kann ich dir denn ausgeben, Süße?"

„Gar nichts, Sie dürfen jetzt gerne verschwinden."

Eine Nachricht blinkt mir im Augenwinkel entgegen:

Ich kann leider nicht kommen, die Bahn ... mal wieder. Elvine.

Meine Rettung hat sich gerade in Luft aufgelöst und der Typ rückt noch ein Stück näher. So langsam wird es mir unangenehm, denn er versperrt mir den Ausweg.

„Könnten Sie mich bitte rauslassen?"

Ich erhebe meine Stimme soweit, dass auch die Personen an den umstehenden Tischen mich hören können, und versuche aufzustehen. Das Rotweinglas taumelt, fängt sich aber noch. Seine Hand will gerade zu meinem Oberschenkel wandern, als sie ruckartig innehält.

„Ich glaube, die Dame neben Ihnen hält nicht viel von Ihrer Anwesenheit."

Mein Blick hebt sich. Das Gesicht, das hinter meinem ungebetenen Gast auftaucht, kommt mir bekannt vor. Attraktiv, mit Bart, markant.

„Hey, Sie müssen ja nicht gleich so grob werden."

„Bei Leuten wie Ihnen hilft nichts anderes und nun sehen Sie zu, dass Sie hier wegkommen."

Das Ekel rückt endlich von mir weg und geht.

„Vielen Dank." Ich bin erleichtert und atme auf. Alle anderen in meiner Nähe tun so, als hätten sie nichts mitbekommen.

„Alles in Ordnung?", fragt mein Retter.

„Ja. Danke."

Er mustert mich kritisch.

„Habe ich bei Ihnen nicht die Lichtinstallation gemacht? In Ihrem Büro? Und bei Ihnen zu Hause? Letztes Jahr, oder?"

„Ja … stimmt", die Erinnerung an sein Lächeln und die Chemie zwischen uns blitzt kurz auf, dieses Lächeln und diese Augen, „wollen Sie sich nicht setzen, ich gebe Ihnen einen aus."

„Warten Sie, ich sage nur kurz meinen Freunden Bescheid. Sie können mir alles bestellen, nur keinen Wein."

Er zwinkert mir zu, dann fällt der Groschen.

„Ja, der schmeckt scheußlich."

Als er zurückkommt und sich mir gegenüber setzt, stehen schon zwei Kölsch zwischen uns.

Sein Name ist Tom, wir landen schnell beim Du. Er verabschiedet sich von seinen Kumpeln und wir ziehen zusammen weiter. Ich genieße seine Anwesenheit, sein Interesse und die Vorfreude auf das Abenteuer, das ich erwarte. Der Ring an seiner rechten Hand wirkt wie eine Distanz, die mir anfangs Sicherheit gibt, dann wie eine Trophäe, die erobert werden will, je später es wird. Angeheitert versacken wir in der nächsten, übervollen Cocktailbar, in der man sein eigenes Wort nicht mehr verstehen kann. Es knistert zwischen uns, als wäre die Luft statisch aufgeladen. Wozu Worte?

Eine Berührung an meinem Arm reißt mich aus diesem Traum. Ich sehe in die Augen meines Ex und fühle mich schlagartig nüchtern. Scheinbar bin nicht nur ich auf die Idee gekommen, an einem Montag auszugehen.

Ich zerre Tom vom Barhocker neben mir und knalle einen Fünfzigeuroschein auf den Tresen. Mit meinem süffisantesten Lächeln winke ich Robert zum Abschied und verlasse die Bar.

Ein kurzer Blick zurück bietet mir die Gelegenheit. Unter Roberts Blicken ziehe ich Tom zu mir und küsse ihn. Warme Schauer breiten sich in mir aus. Sein Bart kitzelt an meiner Nase und seine Lippen sind wunderbar weich. Er schmeckt nach seinem letzten Cocktail, Whisky und Cola. Ich weiß, wie kindisch ich mich verhalte. Aber die mahnende Erwachsene, die mein Leben bestimmt, ist plötzlich ganz klein und leise, gezähmt durch den Alkohol.

„Ich wohne hier direkt um die Ecke, hast du Lust noch einen Kaffee zu trinken?"

Drei Anläufe brauche ich, um den Schlüssel ins Türschloss meiner Wohnung zu bekommen. Toms Versuch, mir meinen Mantel auszuziehen, bringt mich zum Kichern. Ich fühle mich so beschwingt wie ein junges Mädchen, so frei und unbekümmert, alle Hemmungen sind weggespült.

Wir fallen fast in die Wohnung, als ich endlich Erfolg habe und die Tür sich öffnet. Seine Küsse in meinem Nacken und sein schwerer Atem lassen keinen Zweifel daran, dass er das Gleiche will wie ich.

Der Teppich an meiner Wange kratzt ein wenig, das Gefühl seiner Haut unter meinen Händen entschädigt für alles. Der Rausch, in dem wir uns befinden, lässt uns schnell und heftig zum Höhepunkt jagen.

Meine Seele schnurrt zufrieden vor sich hin, als Tom, durch das Vibrieren seines Handys aufgeschreckt, die Position ändert und meinen Kopf unsanft auf den Boden fallen lässt.

„Bad?", fragt er mich kurz angebunden und folgt mit schnellen Schritten meinem Fingerzeig.

Ich mustere mein Wohnzimmer und bin erstaunt über das Chaos. Schwerfällig erhebe ich mich und mache mich auf den Weg zum Weinregal. Ich ahne schon, was mein analytisches Ich morgen davon halten wird.

„Ich muss nach Hause. Man sieht sich", platzt es in mein vernebeltes Denken und die Haustür schlägt mit einem Knall ins Schloss.

Die Flasche wird trotzdem entkorkt.

⟨◊⟩

„Hast du eine neue Frisur? Steht dir mit den kurzen schwarzen Haaren."

Eva lächelt mich an und ich muss zurücklächeln. Ich

halte ihr die Tür zu meinem Behandlungszimmer auf und erwidere: „Danke."

Eva nimmt am Fenster auf dem bequemen Sessel mit dem gepolsterten Hocker davor Platz. Ich hole uns die vorbereiteten Latte Macchiato und stelle sie auf das Tischchen zwischen uns, gleich neben den Wildblumenstrauß, der ein wenig mehr Leben in diesen Raum bringen soll. Mein Notizbuch liegt vorbereitet auf dem Beistelltisch neben meinem Sessel ihr gegenüber.

Schon seit längerem geht es Eva besser, so entspannt wie heute wirkte sie allerdings schon lange nicht mehr.

Eva ist, wenn auch meine Patientin, wie eine Freundin für mich. Vor Jahren habe ich ihr das Du angeboten und es nie bereut.

„Dir geht es heute aber richtig gut und das obwohl wir erst Dienstag haben", sage ich lachend.

„Keine Ahnung, irgendwie war das Wochenende wunderschön. Mein Mann und ich haben einen tollen Ausflug gemacht. Er hat mir Blumen geschenkt, was er schon ewig nicht mehr gemacht hat. Auch Wildblumen. Es hat sich fast wieder wie früher angefühlt", sie zögert kurz. „Und ich habe angefangen, mich mit dem Thema Adoption zu beschäftigen. Ich habe fast den ganzen Sonntag damit verbracht, um ehrlich zu sein."

„Was hat dein Mann dazu gesagt?"

„Ich habe noch nicht mit ihm darüber gesprochen. Im Moment weiß ich nicht, was ich von dieser Idee halten soll.

Ob es überhaupt eine reale Option wäre. Aber es ist so schön, etwas zu haben, was vielleicht ein Hoffnungsschimmer sein könnte."

Eva nimmt sich ihr Glas und beginnt, die einzelnen Schichten darin mit dem Löffel zu verbinden. Das Thema scheint sie nicht loszulassen. Ich hole mir meinen Kaffee, nehme einen Schluck, gebe ihr Zeit nachzudenken.

„Wenn ich ehrlich bin, habe ich Angst, dass ihm das zu viel werden könnte. Dieses Hin und Her von Hoffnung und Enttäuschung. Damit möchte ich ihn jetzt im Moment, wo ich mir nicht sicher bin, einfach noch nicht belasten."

Sie schaut aus dem Fenster und nippt kurz an ihrem Kaffee. Im Licht der Morgensonne erkennt man die Spuren des Schicksalsschlags, der hinter ihr liegt. Unter ihren Augen haben sich Schatten eingenistet, tiefere Falten in ihrem Gesicht lassen sie älter wirken, als sie ist. Ihr Blick streift mich kurz, als sie aufschaut und huscht dann wieder zurück zum Fenster.

„Du hast Angst, dass er dich nicht ernst nimmt."

„Ich habe vor allem Angst, dass es sich für mich als Ausweg darstellt und er es nicht möchte."

„Die Adoption? Oder die Adoption mit dir?"

„Alles. Im Augenblick fühle ich mich so gut wie … ja schon seit Ewigkeiten nicht. Ein neuer Weg liegt vor mir, vielleicht. Und so kitschig wie sich das auch anhört, aber … es fühlt sich an, als könnte doch noch alles gut werden."

Lust heute wegzugehen? Schreibt Tom und mein Herz macht einen Sprung. Derzeit genieße ich Toms Aufmerksamkeit in vollen Zügen, gewissenlos und federleicht. Nach dem abrupten Ende unseres One-Night-Stands vor ein paar Tagen folgte überraschenderweise ein Wildblumenstrauß mit einer Entschuldigung und seiner Nummer. Mein Handy lege ich seitdem kaum noch aus der Hand. Toms Nachrichten sind wie ein Trip, der mich ablenkt von den dunklen Wolken, die Robert in mein Leben gebracht hat. Mein Ex, der gerade bei mir ist, zum hoffentlich letzten Mal.

„Wo ist denn der Rest meiner Badsachen, wo ist mein ganzes Zeug?" Robert sieht mich verständnislos an.

„Im Müll."

„Da waren teure …"

„Das ist mir vollkommen egal. Sei froh, dass ich deine Klamotten nicht in hohem Bogen aus dem Fenster geschmissen habe."

So langsam reicht mir dieses Theater.

„Kannst du jetzt bitte endlich gehen?"

Noch immer macht mir seine Anwesenheit zu schaffen, wenn auch schon deutlich weniger als noch vor ein paar Wochen. Trotzdem zieht sein Vertrauensbruch in meinem Denken immer wieder weite Kreise. Seine unverschämte Art macht das Ganze nicht gerade leichter.

Ich sehe wieder auf mein Handy und tippe eine Nachricht.

Klar, komm doch vorbei, du weißt ja, wo ich wohne :)

„Hallo? Jemand zu Hause?"

Robert wedelt mit der Hand vor meinem Gesicht. Wenn mich eins fuchsteufelswild macht, ist es, wie ein kleines Mädchen behandelt zu werden.

„Kannst du nicht verstehen, dass ich endlich meine Ruhe haben will? Nimm dein Zeug und hau ab! Verdammt."

Ein Funken Anstand lässt ihn betreten zu Boden sehen.

„Tut mir leid. Wirklich. Alles. Auch wenn du mir das nicht glaubst. Ich wollte das nicht, ich wollte dir nicht so wehtun. Du weißt, dass ich kein böser Mensch bin."

Diese Diskussion möchte ich nicht führen, ich weiß, dass sie mir nicht helfen würde. Nur ihm und seinem Gewissen.

Die Klingel surrt. Robert packt seine Sachen und ist schneller an der Tür als ich.

Tom sieht verwirrt aus.

„Das ging aber schnell."

Ich hoffe auf einen Schlussstrich, als mein Ex um die Ecke verschwindet.

„Ich glaub, ich brauch jetzt erstmal ein Glas Wein. Und du?"

„Nichts dagegen."

Ich gehe in die Küche und öffne eine neue Flasche Rotwein. Die Erinnerung an unseren letzten Abend flammt auf und ich muss schmunzeln. Ich weiß, dass es albern ist, aber ein paar Schlucke vorab entspannen mich ein wenig. Ich bin aufgeregter als erwartet. Jemand, der es nicht besser wüsste, könnte das Ziehen in meinem Bauch als flatternde Schmetterlinge missdeuten.

„Wäre es in Ordnung, wenn wir bei dir bleiben? Wegen mir müssen wir heute nicht mehr weggehen."

Mitte der Arbeitswoche habe ich dagegen nichts einzuwenden. Gegen ein Ende wie beim letzten Mal auch nicht.

„Wein habe ich genug. Sollen wir uns noch was zu essen bestellen?"

„Klar." Er lächelt mich an und es kribbelt durch meine Knochen. Als er nach dem Glas auf meinem Korbtisch greift, spüre ich einen Stich im Magen. Sein Ehering holt mich unsanft in die Realität zurück.

„Warum hast du mir deine Telefonnummer gegeben?", konfrontiere ich ihn, denn ich bin schon ein wenig irritiert darüber.

Er antwortet nicht direkt, stellt sein Glas nach einem kurzen Schluck wieder zurück und sieht mich an. Kein Lächeln auf den Lippen. Dafür eine Ahnung von Schmerz.

„Weil ich dich nicht aus meinem Kopf bekommen habe. Und glaube mir, das habe ich versucht. Ich sage dir ehrlich, dass ich nicht weiß, warum. Wenn du damit ein Problem hast, ist das okay für mich. Dann sag es mir und ich gehe."

So eine offene Antwort habe ich nicht erwartet. Ich fühle mich weggestoßen und gleichzeitig gewollt.

Ich trinke mein Glas leer, küsse ihn, nur ganz kurz und flüchtig. Mir ist allzu schmerzlich bewusst, dass die Initiative, körperlich zu werden bisher nur von mir ausging. Meine Gedanken rasen und schaffen es doch nicht, mir mein Hochgefühl zu vermiesen.

Eva sieht aus, als hätte sie die letzten Tage und Wochen nicht ausreichend Schlaf bekommen. Der Kaffee vor ihr auf dem Tisch ist kalt geworden, der Milchschaum eingesunken und halb aufgelöst. Sie sieht an mir vorbei. Ihr Blick ist unstet und ihre Gedanken scheinen zu wandern.

„Wir haben das Thema Adoption heute noch gar nicht angesprochen. Hast du deinem Mann schon davon erzählt?"

„Meinem Mann? Nein. So halb. Ich habe nebenbei einmal davon angefangen. Er ist gar nicht darauf eingegangen und hat einfach weiter auf sein Handy geschaut. Da habe ich es gelassen."

Sie sieht zum Fenster und knetet ihre Hände, dreht den Ring am rechten Finger hin und her. Ein verärgerter Ausdruck gräbt sich in ihre Stirn.

„Gibt es einen Grund, warum du ihn nicht direkt angesprochen hast?"

„Wie soll man ein Thema ansprechen, wenn der andere nicht mehr mit einem redet? Zumindest nicht mehr als notwendig?"

Eva verschränkt die Arme vor der Brust. Die Falte zwischen ihren Augen wird immer tiefer.

„Ich habe im Moment einfach keine Kraft, mich auch noch um ihn zu kümmern. Ich will überhaupt nicht wissen, was ihn beschäftigt."

Sie sieht schuldbewusst zu Boden. Als sie mir ihr Gesicht

wieder zuwendet, sind ihre Augen glasig und ihre Lippen und Nase rot.

„Ich weiß, dass das total egoistisch ist, aber er lässt mir ja auch gar keine Möglichkeit. Er ist ständig weg. Entweder arbeitet er abends oder er geht mit seinen Freunden aus. Und dann kommt er nach Hause, manchmal betrunken, oder todmüde und manchmal bilde ich mir ein, er würde nach einem ganz bestimmten Duft riechen, nach einem Parfum", sprudelt es aufgeregt aus ihr heraus.

Sie atmet einmal tief ein.

„Wenn ich mich hineinsteigere, meine ich sogar, es in seiner Wäsche zu riechen. Oder gerade jetzt. Ich könnte schwören, es schon wieder in der Nase zu haben."

Ihr rinnen beim Reden die Tränen über die Wangen. Wortlos schiebe ich ihr die Taschentuchbox, die immer griffbereit auf dem Tischchen zwischen uns steht, zu.

„Seit wann hast du dieses Gefühl?"

„Schon seit längerem. Eigentlich seit ich mich mit der Adoption beschäftige, die jetzt durch ihn in Gefahr ist. Was ist, wenn er mich betrügt? Wenn wir uns scheiden lassen müssen, weil er seine Triebe nicht unter Kontrolle hat? Und ich alleine dastehe und man mir sagt, ich könnte unter diesen Bedingungen kein Kind adoptieren?"

Eva schluchzt laut auf und verbirgt ihr Gesicht in den Händen. Ich rücke mit dem Stuhl zu ihr und lege meinen Arm um sie.

Nachdem sie sich etwas beruhigt hat, tupft sie sich mit

dem Taschentuch die Tränen trocken und verschränkt ihre Arme wieder ineinander.

„Hast du deinen Mann denn schon einmal darauf angesprochen, warum er sich im Moment so von dir distanziert?"

„Nein, ich habe mich nicht getraut, weil ich ahne, woran es liegt. Ich denke, er distanziert sich jetzt, weil er es kann. Weil die schwerste Zeit hinter uns liegt. Er hat mir soviel Kraft gegeben. Ohne ihn hätte ich das alles nicht durchgestanden. Und nun muss er sich wohl selbst klar werden, was er will."

„Hast du schon einmal darüber nachgedacht, dass du diejenige sein könntest, die ihn von sich stößt? Vielleicht, weil du Raum brauchst, um diese wichtige Entscheidung zu treffen?"

„Denkst du? So habe ich das noch nicht gesehen."

„Ich meine auch nicht, dass du das absichtlich tust. Du hast anfangs selbst gesagt, du müsstest dir erst klar werden, ob eine Adoption für dich in Frage kommt. Da du diejenige von euch beiden bist, die keine Kinder bekommen kann, ist es nur logisch, dass du dir diese Entscheidung vorbehältst."

„Und wenn er doch eine Affäre hat?"

„Dann musst du ihn darauf ansprechen. Daran führt kein Weg vorbei, wenn du dich nicht länger verrückt machen willst. Nimm die Dinge in die Hand, versuche nicht zu zögern und darauf zu hoffen, dass dir die Entscheidungen von jemand anderem oder der Zeit aus der Hand genommen werden. Du bist diejenige, die einzige, die über dein Leben bestimmen sollte, Eva."

〈〉

Der Gedanke, dass ich die „Andere" bin, die einer fremden Frau den Mann ausspannt, ihr das Leben zur Hölle macht, lässt mir keine Ruhe. Er schwirrt in meinem Kopf, wie ein lästiges Insekt. Erinnert mich immer wieder daran, wie ich mich gefühlt habe, als ich herausfand, dass ich Robert so egal geworden war, dass es ihm nichts ausmachte, mich derart zu verletzen. Ich fragte mich damals, wie man das einer anderen Frau antun konnte, obwohl ich wusste, dass sie nicht das Problem war. Sie kannte mich nicht, vielleicht wusste sie noch nicht einmal, dass es mich gab. Sie hatte sich in meinen Mann verliebt. Das machte sie nicht böse, sondern menschlich. Wer kann sich schon entscheiden, wen er liebt?

Im Gegensatz zu ihr weiß ich, dass Tom verheiratet ist. Seine Frau bedeutet ihm noch so viel, dass er die Verbindung zu ihr nicht verleugnen will. Wir haben uns nun schon mehrere Male getroffen und immer trug er seinen Ehering. Die rosa Wolken vom Anfang sind saurem Regen gewichen, der in mein Bewusstsein sickert und mein Gewissen belastet. Ich kann nicht mehr ruhig schlafen, kann unser Zusammensein nicht genießen. Ich wälze mich hin und her, wende mich ab und wieder zu, werde immer unruhiger und merke, dass ich weder die Kraft habe das Ganze fortzusetzen noch es zu beenden.

Ich kann nicht abstreiten, dass ich ihn nicht loslassen will. Aber dieses Gespräch heute mit Eva. Es verfolgt mich, erinnert mich an meine eigene Paranoia. Daran, nicht mehr Herr meiner Sinne, meines Verstandes gewesen zu sein, bis mein Verdacht schließlich zur Gewissheit wurde. Und an die Wut danach, den Verlust des genommenen Vertrauens und meine Hilflosigkeit.

Ich starre aus dem Fenster in die Dunkelheit. Regentropfen prasseln dagegen. Auf den Straßen ist niemand unterwegs. Es stürmt, drinnen wie draußen. Ich nehme mein Handy in die Hand und lege es wieder weg.

Donnerstag 23:59:

Hallo Tom. Es ist besser für uns beide, wenn wir uns nicht mehr sehen. Alles Gute.

Ich schalte mein Handy auf lautlos. Ich weiß nicht, was ich tun würde, käme darauf jetzt eine Antwort.

Ich lasse den Tränen freien Lauf. Sie reinigen mich, wie der Regen draußen die Straßen. Mit einer Flasche Rotwein verziehe ich mich unter meine Decke auf dem Sofa. Das Handy bleibt in der Küche.

Wenig später reißt mich die Türklingel aus meinem unbequemen Schlaf. Ich ahne, wer hinter der Tür auf Einlass drängt. Alles in mir sträubt sich dagegen, ihm zu öffnen, aber ich habe Angst, dass er sonst die Nachbarn weckt.

Ich sehe noch einmal in den Spiegel an der Garderobe und erkenne mich selbst kaum wieder. So schlecht sah ich seit der Trennung von Robert nicht mehr aus. Auch das halbherzige Wischen über die Reste meiner Wimperntusche unter meinen Augen verbessert das Gesamtbild kaum.

Ich drücke die Türklinke nach unten und bin noch wild entschlossen, ihn abzuweisen.

„Tom, es reicht ..."

„Tom?"

Mein vor Müdigkeit schwerfälliges Hirn registriert nur langsam, dass derjenige, den ich erwartet habe, nicht vor der Tür steht, sondern Eva. Ihre Haare sind strähnig und wirr, ihre Augen rot. Sie ist nicht geschminkt und trägt einen ausgeleierten Jogginganzug, der ihr viel zu groß ist. So habe ich sie noch nie gesehen. Der Schock, eine meiner Patientinnen mitten in der Nacht vor mir stehen zu sehen, macht mich schlagartig wach und nüchtern.

„Es tut mir leid. Ich wollte dich nicht wecken. Ich weiß, ich hätte bei der Uhrzeit selber daraufkommen können, aber ich kann nicht mehr klar denken."

„Komm doch erstmal rein."

Sie schleicht an mir vorbei, als würde sie nicht mehr aufrecht gehen können.

„Setz dich schon mal. Willst du was zu trinken?"

Während Eva zu meinem Sofa schlurft, suche ich in der Küche nach zwei Gläsern und einer Flasche Wasser.

„Heißt dein Freund auch Tom?"

„Was?" Unaufgefordert gieße ich uns beiden ein.

„Du hast doch erwartet, dass Tom vor deiner Tür steht. Mein Mann heißt auch Tom."

Ich trinke mein Glas in einem Zug leer und verschlucke mich fast dabei.

„Ja. Ähm … aber du bist wegen eines Notfalls hier, deshalb sollten wir wohl lieber darüber reden, oder?", versuche ich abzulenken.

„Du hast Recht. Also ich … ich habe Toms Handy durchsucht. Vorhin, als er schlafen gegangen ist. Wir haben uns eigentlich versprochen, dass wir das niemals tun würden, aber … ich wusste mir nicht mehr zu helfen. Ich habe geahnt, dass da was ist. Das habe ich dir heute ja auch schon erzählt. Es hat mir einfach keine Ruhe gelassen."

Zittrig greift Eva nach ihrem Glas und nippt daran.

„So ein Scheißkerl. Da fange ich an über Adoption nachzudenken und er hat nichts Besseres zu tun, als mit der Nächstbesten ins Bett zu springen. Ich glaube das einfach nicht. Ich …"

Eva verbirgt ihr Gesicht in den Händen. Ihr Körper bebt unter der Traurigkeit, die ihn durchschüttelt.

Der Abend, als ich Tom traf, war kurz bevor Eva mir von ihren Adoptionsplänen berichtete.

Mir läuft es heiß und kalt den Rücken hinunter. Es fühlt sich an, als würde ich abwechselnd in Eis gebadet oder in Flammen stehen. Meine Gedanken schwirren durch meinen Kopf, ohne dass ich sie zu fassen kriege. In meinen Ohren rauscht es. Ich spüre förmlich wie mein Blutdruck nach unten sackt, wie die Schatten sich in mein Blickfeld stehlen.

„Eva, können wir das nicht morgen besprechen?", presse

ich hervor und hoffe, dass sie darauf eingeht. Eva erhebt sich ruckartig und schubst dabei ihr Glas um. Wasser verteilt sich auf dem Wohnzimmertisch und spiegelt ihr wutverzerrtes Gesicht.

Eva beginnt ruhelos in meinem Wohnzimmer auf und ab zu gehen. Sie greift sich an die Stirn. Ihr Gesicht ist gerötet und Tränen laufen ihr über die Wangen.

„Ich kann das einfach nicht fassen. Wie kann er mir das antun? Wie kann er mir das jetzt – jetzt, da es mir gerade wieder besser geht – antun? Wie lange haben wir wegen ihm gewartet mit einem Kind? Und jetzt ist alles vorbei."

Mit einem lauten „Fuck!" tritt sie gegen meinen Küchenschrank. Es klirrt und etwas landet hart auf dem Boden.

„Scheiße!" Schluchzend lässt sie sich auf dem Boden nieder. Ich gehe zu ihr und hocke mich neben sie, streiche ihr beruhigend über den Rücken.

„Eva, versuche dich zu beruhigen. Es ist mitten in der Nacht. Ich hatte einen schweren Tag und kann dir nicht so helfen, wie ich es gern hätte im Moment. Ich rufe dir jetzt ein Taxi und zu Hause legst du dich hin und schläfst ein paar Stunden. Dann reserviere ich dir für morgen früh direkt den ersten Termin."

„Weißt du, es ist mir so egal, mit wem er schläft oder ob er mich noch liebt, aber dieses Jahr werde ich 38 und alleine und geschieden werde ich niemals ein Kind adoptieren können. Und das habe ich ihm zu verdanken. Ihm und dieser Schlampe, der ein Ring am Finger eines anderen nichts ausmacht, die sich einen Dreck darum schert, was sie kaputt macht." Langsam erhebt sich Eva vom kühlen Steinboden, wischt sich die Tränen von den Wangen und hebt etwas vom Boden vor ihren Füßen auf.

„Hier dein Handy. Entschuldige, ich hoffe, ich habe es eben nicht kaputt gemacht."

Der Schreck fährt mir so tief in die Glieder, dass mir schlecht wird. Ich würge noch „Entschuldige" hervor, dann renne ich mit dem Handy in der Hand ins Bad. Die Galle hinterlässt einen säuerlichen Geschmack auf meiner Zunge. Im Badspiegel blickt mir eine leichenblasse Frau mit tiefen Ringen unter den Augen entgegen.

Ich war die Betrogene und nun bin ich die Betrügerin. Ich bin nicht böse, ich liebe nur den falschen Menschen zur falschen Zeit.

Als ich mich wieder aus dem Bad traue, ist Eva verschwunden. Toms Mütze, die an der Garderobe neben der Tür hing, auch.

〈⟩〉

Zwei Stunden später klingelt mein Wecker. Ich komme kaum aus dem Bett. In dieser Verfassung kann ich unmöglich meiner Arbeit nachgehen. Kurzerhand sage ich alle drei Termine für heute ab, inklusive dem für Eva.

Samstag 11:43:

Ich brauche ein letztes Gespräch. Bitte. Ich möchte nicht, dass wir so auseinandergehen.

Ich kann seine Bitte nachvollziehen. Wir treffen uns Samstagnachmittag in meiner Wohnung und trinken Kaffee. Wir sitzen an meinem Esstisch, soweit voneinander entfernt wie möglich. Nur aus den Augenwinkeln beobachte ich ihn. Ich habe Angst, ihm in die Augen zu sehen und schaue nach draußen, in den blauen Himmel.

„Ich kann dich nicht gehen lassen. Nicht mehr."

„Warum?" Mein Blick wandert von draußen zum schwarzen Inhalt meiner Kaffeetasse.

„Ich hatte nicht die Absicht, etwas mit dir anzufangen. Etwas Ernsteres. Es ist im Moment nicht leicht. Ich will mich von meiner Frau trennen, aber es passt gerade überhaupt nicht. Ich weiß nicht, ob es jemals passen wird. Bitte lass uns in Verbindung bleiben. Als Bekannte."

Nun sehe ich ihm doch kurz in die Augen. Um den Blickkontakt zu unterbrechen, stehe ich auf.

„Das geht nicht. Wenn wir das nicht beenden, und das tun wir dann nicht, kommen wir immer wieder in Versuchung. Denkst du wirklich, das würde funktionieren? Und wäre das deiner Frau oder mir gegenüber fair, wenn du darauf wartest, dass der richtige Zeitpunkt für eine Trennung kommt?"

„Nein, fair wäre es nicht. Aber das habe ich auch nicht behauptet. Ich brauche dich, du hast mir gut getan in einer schweren Zeit. Und bei dir war es genauso, oder nicht?"

„Ja, am Anfang. Und dann habe ich mich immer öfter gefragt, was du in deinem anderen Leben tust. Wer deine Frau ist, wie sie aussieht und warum du in diesem Moment bei mir bist und nicht bei ihr. Ich war eifersüchtig auf die, deren Ring du an deinem Finger trägst. Den Ring, den du nicht ein einziges Mal abgelegt hast. Als würdest du mich jeden Augenblick daran erinnern wollen, dass ich nur schmückendes Beiwerk in deinem Leben bin. Ich weiß nichts von dir, nichts über deinen Alltag, noch nicht einmal deinen Nachnamen. Und das soll ein Fundament für eine Beziehung sein, die es vielleicht einmal geben könnte? Nein, Tom. Ich habe keine Kraft, um mich das weiterhin zu fragen, und ich habe auch keine Kraft, mir auf der anderen Seite weiterhin Vorwürfe zu machen, dass ich mit meinem Tun ein anderes Leben zerstöre. Für uns hat es niemals eine reale Chance gegeben.“

Ich beiße mir auf die Unterlippe und drehe mich weg, damit er nicht sieht, wie ich mit den Tränen kämpfe. Ich will auf gar keinen Fall, dass er versucht mich zu trösten oder mich in den Arm zu nehmen.

„Dann ist wohl alles gesagt.“

In seiner Stimme schwingt ein unverkennbarer Schmerz mit. Auch mir tut es weh, diesen Schlussstrich zu ziehen. Aber ich weiß, dass es das einzig Richtige ist.

„Bitte geh jetzt.“

Ich drehe mich nicht um, verschränke die Arme vor der Brust und fixiere meinen Blick auf draußen, wo alles seinen gewohnten Lauf nimmt, ohne zu stocken. Die Tür fällt mit einem Klicken ins Schloss. Er ist weg. Und ich bin allein mit meinem Gewissen.

Sonntag ist der einzige Tag, an dem ich ausschlafen kann. Also bleibe ich so lange im Bett, bis mich die Natur zwingt aufzustehen. Auf dem Rückweg zum Bett pflücke ich mein Handy vom Ladekabel und sehe eine Nachricht:

Sonntag 1:21:

Ich brauche dringend deine Hilfe. Bitte. Meine Frau ist heute Abend gestorben. Ich weiß nicht, was ich machen soll. Tom.

Es folgen mindestens dreißig weitere Nachrichten mit dem gleichen Inhalt und siebenundzwanzig Nachrichten auf der Mailbox.

Mir bleibt die Luft weg. Ich begreife kaum, was das bedeutet, als ich angerufen werde. Wie in Trance nehme ich den Anruf an:

„Hallo, hier ist Eva, schade, dass das mit unserem Termin am Freitag nicht geklappt hat, das alles ist mir immer noch furchtbar peinlich."

Nina Weber

DER ZERBROCHENE SPIEGEL

Das gleichmäßige Rattern des Zuges hat eine beruhigende Wirkung auf Marie, der auffordernde Blick des Mannes eine belebende. Der Mann ist elegant gekleidet, hellgrauer gut geschnittener Anzug. Dunkle Strähnen fallen ihm in die Stirn, die er sich ab und zu aus den Augen streicht. Ein markant geschnittenes Gesicht, gebräunt, dunkler, intensiver Blick.

Er kann meine Gedanken erraten, denkt Marie, es steht mir ins Gesicht geschrieben, wovon ich träume. Wieder hebt sie den Blick und trifft genau den seinen. Er ist es, von dem die Fantasie zu ihr herüber strahlt.

Sie steht auf und geht auf die Toilette. Marie trägt ein kurzes schwarzes Kleid, wollene Strümpfe, die über dem Knie aufhören, grobe Stiefel. Das Haar trägt sie offen. Marie schaut lächelnd in den Spiegel, zwinkert sich zu, verlässt schwungvoll die Kabine. Die Vorfreude auf die kommenden Tage sprudelt hell in ihrem Blut.

An der nächsten Station steigt er aus. Sein Blick zurück endet in einer halben Drehung. Schulterzuckend wechselt Marie den Platz, um, den Kopf ans Fenster gelehnt, die vorbei streichende Landschaft zu betrachten.

Leicht benommen von der Vibration des Zuges steigt sie aus, blickt suchend den Bahnsteig ab, der sich schnell lichtet. Die anderen finden einander. Karl ist nicht da. Sie stellt ihre Tasche ab und da kommt er in großen Schritten leichtfüßig auf sie zu. Er trägt einen locker sitzenden Anzug und einen Hut. Sofort fängt er an zu reden.

„Sorry, ich dachte, ich schaffe es pünktlich, ich musste ein Auto kaufen, voll in Schuss, absolut cool. Komm. Ich zeige es dir." Er nimmt ihre Hand, sie laufen durch den Bahnhof und am Auto angekommen, nimmt er sie endlich in die Arme, hebt sie ein Stück an und wirbelt sie herum.

„Schau, was für ein schönes Stück."

Marie lacht und protestiert: „He, nicht so stürmisch. So kann ich dein neues Pferd doch gar nicht sehen."

Karl fährt schnell, freut sich wie ein Kind, in jeder Kurve quietschen die Reifen. Er benutzt Schleichwege, prescht zwischen den Feldern her, über schnurgerade Traktorwege, über Hügel fliegend. Das schnelle Fahren setzt Energie frei und Marie hält ihren Kopf aus dem Fenster und brüllt: „Freiheit!" Auch Karl reckt seinen Oberkörper aus der kleinen Öffnung.

„Kind sein dürfen! Gibt es etwas Größeres?", schreit er, die Haare wie wehende Fahnen, den Arm locker am Lenkrad.

„Tolles Auto", freut er sich.

In dem Ort angekommen, teilt er ihr mit, dass er noch kurz bei Freunden vorbei müsse, sein neues Auto zeigen. Sie fahren hupend in eine Hofeinfahrt. Karl vollbringt eine Handbremsendrehung auf dem Kies, steigt aus und hüpft zu dem Haus. Marie bleibt im Auto. Brüllend steht Karl vor dem Haus.

„Komm runter, ich hab ein neues Auto, nun komm schon!"

Er klingelt und ruft. Marie steigt aus. Sie liebt alte Höfe und nimmt in dem charmanten Verfall der Gebäude ein Bad für ihre Augen. Karl brüllt immer noch das Haus an.

„Die wohnen ja idyllisch hier, deine Freunde. Komm, wir fahren zu dir", sagt Marie.

„Ja, gut. Schade, wenn der hört, was ich gezahlt hab, fällt der um!"

Kieselsteinchen spritzend fahren sie vom Hof.

Die Wohnung ist schön. Geräumig, angenehm leer, Holzfußboden, hohe Decken, aber kalt, saukalt. Marie fröstelt, sieht einen Ofen und Holz und geht schnurstracks darauf zu. „Mann, ist das kalt hier, ich mach mal Feuer", sagt sie.

„Halt. Feuer machen kann nur ich. Schau dich um, mach uns ein Bier auf, fühl' dich gut."

Seine Spezialität ist es, das Feuer im Ofen mit nur einem Streichholz zu entzünden, ohne Papier versteht sich. Sie sieht zu, wie er geschickt mit einem scharfen, kleinen

Beil Holzsplitter schlägt. Währenddessen erklärt er ihr, wie wichtig es ist, wirklich nur ein Streichholz zu brauchen. Sie sitzt ganz steif vor Kälte auf dem Stuhl. Endlich flammt das Streichholz zischend auf. Karl hält es unter den kleinen Haufen Späne und lächelt sie an, als es zu knistern beginnt. Sie erhebt sich und kauert sich händereibend vor den Ofen.

Am nächsten Tag bleiben sie lange im Bett, kichernd, zärtlich. Marie genießt die sanfte Wärme seiner langen, geschmeidigen Glieder auf ihrer Haut. Sie taucht ein in eine Höhle des Wohlbehagens, ganz umhüllt von seinen Berührungen, ihr Körper, ihre Haut, geliebt, geschützt, geborgen. Nach dem Frühstück machen sie sich auf, eine lange Wanderung in die nahe gelegenen Berge zu unternehmen. Es ist herrlich durch die frische, winterliche Luft zu gehen, knirschenden Schnee unter den Füßen, an halb vereisten Bächen entlang, die glucksend ihr Glück zu teilen scheinen, unter Bäumen her, deren lange Äste Puderzuckerschnee über sie streuen, der Schnee glitzernd, funkelnd im Sonnenschein, vielversprechend, verheißungsvoll. Alles ist klar und frisch. Sie fühlt sich, wie ein junges Fohlen. Ab und zu rennen sie unvermittelt jauchzend los, fallen sich in die Arme, kullern einen Abhang hinunter im weichen matten Schnee. Küssen sich. Wie hübsch er ist, denkt sie immer wieder.

Karl spricht vom Weltenbaum, den Vorstellungen der alten Welt.

„Unsere Ahnen sahen im Baum den Mittler zwischen der Erde und dem Himmel. Der Baum, der mit seinen Wurzeln ins Erdinnere reicht. Wurzeln, an deren Enden Kristalle schimmern. Bei jedem Signal, ausgesandt aus dem kosmischen Raum, leuchtet ein Impuls. In allen Edelsteinfarben der Welt, Rubin, Opal, Saphir."

Ein geschliffener, roter Diamant erscheint vor ihrem inneren Auge. Facettenreich schimmernd, sich öffnende Räume überall. Karl nimmt sie sanft in die Arme und mit geschlossenen Augen lässt sie sich fallen in das Wesen des roten Diamanten.

Den hellen Schnee und die Sonne in seinem Rücken reißt Karl die Arme empor. Er strahlt. Sie schaut blinzelnd zu ihm auf.

Auf dem Rückweg denkt Marie an das Bild, das er ihr eingeflüstert hatte. Am Fuße des Baumes sitzen drei Frauen. Sie sind es, die das Schicksal bestimmen. Die junge Frau schenkt das Leben, spinnt den Faden, die Mittlere webt das Stück und die Alte schneidet den Faden ab. Das mittlere Stück ist ja wohl das, was zählt, findet sie. Wie sieht das Gewebe meines Lebens aus? Marie schaut hin und was sie sieht, ist ein graues Band, nur so breit wie ihr schmales Handgelenk. Es ist, als würde sich etwas in ihrem ganz persönlichem Stoff bewegen. In dem grob gewebten Nesselstoff kriechen kleine Lebewesen. Sie schleudert das Band fort. Und küsst ihn. „Ich glaube", japst sie, „das Leben besteht zu gleichen Teilen aus Schicksal, Zufall und Mutwillen."

Mutwillig fordert sie ihn auf, ihr noch mehr zu zeigen. Alles.

Am nächsten Morgen. Karl hat keinen Zettel hinterlassen, keine kleine Botschaft, nichts. Sie lauscht nach Geräuschen im Bad oder in der Küche, vernimmt aber nichts, außer einem dünnen Vogelstimmchen. Sie springt auf, ruft seinen Namen. Marie kann nicht glauben, dass er ohne Gruß gegangen ist.

Er ist weg. Die Fenster stehen weit offen und die kalte Winterluft erfüllt den Raum. Sie macht Feuer, versucht es, ohne Papier, mit nur einem Streichholz. Doch es gelingt ihr nicht.

In eine Decke gemummelt, eine heiße Tasse Tee in den Händen, sitzt sie vor dem Ofen. Und wartet. Marie legt ein Buch neben sich. Falls er kommt, wird sie entspannt wirken und lesen. Sie kann sich auf keine Zeile konzentrieren. Unwillkürlich horcht Marie auf jedes Geräusch, entspannt ihr Gesicht, legt die Füße hoch, setzt ein Lächeln auf, aber Karl kommt nicht.

Marie denkt daran, wie sie sich kennengelernt hatten. Auf einer Party. Sie hatte ihn sofort gesehen, als sie den Raum betrat. Karl gehörte zu jener Sorte Männer, die ihr gefielen. Ein Mittelpunktwesen. Ein schöner, sich leidenschaftlich gern zur Schau stellender Mann, der mit Sprache und Körper wohlwollende Aufmerksamkeit auf sich zog.

Doch er war mehr als das.

Er behauptete von sich, ein Künstler zu sein. Er sei weise, wolle nicht in Konventionen gefangen sein, habe sich erkannt, erklärte er, und könne ohne Schatten spiegeln, das sei seine Aufgabe.

Das leiseste Geräusch lässt Marie aufhorchen. In Gedanken ist sie bei der gestrigen Wanderung. Karl hatte davon gesprochen, dass er es liebt, Berge zu besteigen. Dass er den Weg versunken geht, verschleiert, gefangen in seinen Gedanken. Und Schritt für Schritt löst sich das Nebulöse, das das Ich umgibt, auf. Der Blick auf die Welt, wie sie wirklich ist, stellt sich ein. So hatte er es gesagt. Sie war aus dem Schleier, der sie umgab, nicht herausgetreten, sie war auf ihn fixiert, hatte unablässig darüber nachgedacht, dass sie ihn lieben würde, dass es eine gemeinsame Zukunft geben würde, war in ihn gekrochen, um dort einen Platz zu finden. Denn wo war ihr Platz in dieser Welt? Sie hatte ihre Ich-Blase versucht zu erweitern, den Schleier auch um ihn gelegt, um enttäuscht festzustellen, dass, auch wenn sie sich gemeinsam in einem Raum bewegten, jeder um sich herum noch eine dickschichtige Blase besaß.

Abends im Bett hatten die Körper in spielerischer Art die Nähe gesucht, nach der das Herz sich vergeblich sehnte, dies glühende Stück ummantelt von krustigen Klumpen, aus dem nur ein helles Rinnsal stetig floss. Leuchtend sickerte die

Glut in ein weiteres Behältnis, von einem Deckel fest verschlossen. Sie allein hielt sich darin auf. Es war heiß dort im Sehnsuchtskerker.

„Warum schwitzt du so?", fragte Karl.

Marie wusste nicht, was sie antworten sollte. Wenn sie ihm die Wahrheit sagen würde, nein, das ging nicht.

„Ich weiß nicht. Ich wäre dir gerne nah."

„Ts. Das verstehe ich nicht. Was willst du denn? Du kommst her, besuchst mich, ich habe Zeit für dich, wir liegen beieinander."

Karl schüttelte milde lächelnd den Kopf.

Sie vergoss Schweißestränen, obwohl Januar war und die Fenster weit geöffnet waren.

Er begann sie zu streicheln. Sie versuchte, ein Loch in das Behältnis mit der heißen Flüssigkeit in ihrem Herzen zu bohren. Es funktionierte auch ohne ihre emotionale Anwesenheit. Sie stöhnte auf und vergaß. Als sie fertig waren, streichelten sie sich noch eine Weile, bis auch die leichteste Bewegung verebbt war. Sein Körper zuckte. Marie nahm seine Arme und Hände von ihrem Leib und rollte seinen Körper von sich weg. Hellwach lag sie allein.

Bilder tauchten auf.

Da sitzt ein Mädchen an einem abgeschnittenen Ort, auf einer sandigen Inselfläche und hat Angst.

Das Mädchen will nicht, dass jemand kommt, sie ist bockig, sagt: *Geh weg!*

Sie fühlt nichts.

Das kalte Herz füllt ihren Leib aus, eine graue Leere.

Marie sagt zu dem Mädchen: *Komm! Komm her zu mir. Ich tue dir nichts!*

Die Kleine hält ihren starren, hohlen Leib umklammert, schüttelt den Kopf.

Nein! Die kleinste Berührung tut weh.

Heile, heile Segen, ruft Marie von weitem.

Und lässt nicht locker. Marie sagt ihr, dass sie kommt. Das Mädchen fühlt nichts, aber ein winziges Türchen öffnet sich. Der Gedanke, es sei vielleicht schön, wenn jemand käme und nach ihr sähe, sie frage, was denn sei, huscht durch ihr Bewusstsein.

Nein, niemand soll sie wiegen, trösten und streicheln, das tut viel zu weh. Außerdem gibt es nichts zu trösten. Sie ist ganz eins mit sich, allein, gut, leer, fast zufrieden. Auf alle Fälle leidenschaftslos. Marie hat sich geschworen niemals zu lieben. Manchmal ist sie ein wenig erschrocken über das kalte Herz in ihrem Leib. Sie ist weit, weit weg. Mauern, Gestein und Felsbrocken türmen sich auf.

Marie wird unruhig. Sie überlegt, ob sie sich einen Kleinen genehmigen soll, aber bislang hat sie nur Kaffee getrunken und noch nichts gegessen und ein Schnaps würde die Unruhe nur für kurze Zeit an einen fernen Ort verbannen. Außerdem kommt sie nur auf die Idee, weil die Flasche auf dem Tisch steht. Etwas zu essen wäre angebrachter, denkt sie, aber das Gefühl der Leere manifestiert sich körperlich. Marie kann sich nicht vorstellen, etwas Festes zu schlucken. Sie tigert in den leeren Räumen umher, grübelnd, was Karl wohl macht, wo er wohl sei.

Sie muss sich bewegen, verlässt fluchtartig seine Wohnung und geht ins Cafe des kleinen Ortes. Sie fühlt sich unwohl, blättert in den Zeitschriften, ohne wirklich hinzusehen und ist damit beschäftigt, sich Antworten auf Fragen auszudenken, die ihr keiner stellt.

„Warum sitzt du hier allein?" oder „Wo ist Karl?" oder „Was willst du hier in unserer Stadt?" Würde jetzt jemand kommen, Interesse an ihr bekundend, die Kehle würde ihr eng.

In die Wohnung will sie nicht zurück. Auf gar keinen Fall will sie das Bild der wartenden Frau abgeben. Die Frau, die auf ihn wartet. Nichts anderes tut, als auf ihn zu warten. Obwohl sie ja hier im Grunde nichts anderes tut. Sie wartet.

Marie schafft es sogar, über die Zeitschrift gebeugt zu lächeln, für die anderen.

Sie verlässt das Café und geht nah an den Häuserwänden durch die Altstadt des Ortes. Von jedem, der ihr begegnet, fühlt sie sich erkannt. In manchem Blick liegt ein Hauch von Mitleid, doch die Mehrzahl der Augen spricht: Du hast hier nichts zu suchen.

Sie verlässt die engen Gassen der Altstadt, die Bebauung wird großzügiger, Gärten umgeben die Häuser, aus denen Gelächter und das Geklapper von Geschirr dringt. Der Duft von warmem Mittagessen umweht ihre Nase, der Duft von Behaglichkeit und Alltag.

Zurück in der Wohnung, Marie hat Hunger, sucht sie in den Schränken und im Kühlschrank nach etwas Essbarem. Viel findet sie nicht, der Kühlschrank ist bis auf ein paar weiche Lauchstangen und mehrere Packungen Milch leer. Aber dreckig. Etwas Dunkles, Klebriges war vor längerer Zeit ausgelaufen. Sie fängt an, das Innenleben auszuräumen, schichtet die Plastikteile in die Spüle. Einmal in Schwung spült, schrubbt und entkeimt sie nicht nur den Kühlschrank, sie nimmt sich auch die Töpfe auf dem Regal vor und bald strahlt die Küche in neuem Glanz.

„Was machst du da?" Karl schaut sie an, mit zusammen-gezogenen Augenbrauen, die Stirn in Falten.

„Ich dachte, ich mache dir eine Freude. Komm her." Marie lächelt ihn scheu an. Er macht auf dem Absatz kehrt. Die Tür fällt mit einem trockenen Knall zu. Marie schluckt.

„Scheiße. Karl! Warte! Karl!"

Sie läuft hinter ihm her, ohne Schuhe. Auf der Straße holt sie ihn ein.

„Wieso läufst du weg?", fragt Marie ihn.

„Ich wollte dir etwas Schönes zeigen. Aber was machst du? Du willst bei mir einziehen?"

„Ich habe eiskalte Füße. Was tun wir hier draußen? Ich hatte Hunger. Mann, das ist doch nicht so schlimm."

Marie läuft zurück in seine Wohnung, zitternd vor Kälte. Er folgt ihr. Irritiert will sie fragen, ob er ernsthaft glaubt, sie wolle in sein klammes Heim ziehen, doch er schneidet ihr das Wort ab.

„So fängt das an. Wir kennen uns noch gar nicht lang und du willst mich schon verändern."

Sie sitzen diskutierend auf dem Bett, als es klingelt. Karl springt auf. Läuft zur Tür. Eine tiefe Männerstimme dringt zu Marie. Die zwei Männer gehen in den großen Raum nebenan. Die Stimme des Freundes ist außergewöhnlich tief und wohltönend.

„Aha, schon viel von dir gehört", murmelt er und wendet sich sofort wieder Karl zu, der das Gespräch fortsetzt. Sie geht zum Tisch und gießt sich ein Glas Wein ein.

Der Freund, ein Surfer, schwärmt von seinem Urlaub. Er erzählt, seine neue Freundin, Tochter eines Generals aus Mexico, sei gerade zu Besuch und sie beschwere sich ständig über die Kälte und den Mangel an Luxus.

„In einer Tour geht das: Hast du keine Schwester, die mir die Haare kämmt? Die Wanne ist zu schmutzig, das Wasser nicht warm genug, das Bett zu klein, der Supermarkt zu weit weg. Ich solle mir ein Auto kaufen. In der Tour geht das die ganze Zeit. Hübsch ist sie ja, aber so verwöhnt", beschwert er sich.

Der Surfer sitzt trotz der üblen Kälte im Unterhemd und sieht gut aus. Marie wendet den Blick von seinem blond behaarten, braun schimmernden, breiten Brustkorb ab und starrt auf ihre Füße, die sie Karl unterschiebt, in der Hoffnung, er würde sie nehmen und wärmen, und ihr damit ein Zeichen seiner Zuneigung schenken. Er nimmt sie nicht, ist er doch viel zu sehr damit beschäftigt, in ausufernder Geste die Umbaupläne für seine Wohnung zu beschreiben. Das Material liegt schon seit einem halben Jahr im Flur.

Er ist ein Idiot, denkt sie, während ihre Füße unter seine Hände kriechen, die endlich mal still in seinem Schoß liegen. Er fummelt geistesabwesend an ihnen herum. Sie wünschte, der Surfer würde verschwinden und Karl und sie hätten Zeit füreinander, doch es klopft und noch ein Freund kommt herein. Sie steht auf.

„Ich gehe spazieren", teilt sie mit.

Marie geht sehr langsam durch die Gassen der Kleinstadt, sucht einen Ort, an dem sie ausruhen kann, aber in das Café des Ortes will sie nicht noch mal. Die Leute auf der Straße schauen sie an. Man nimmt sie wahr als Fremde, als Städterin. Es ist kalt. Sie geht zum Friedhof. Setzt sich auf eine Bank, lächelt bei dem Gedanken, dass sie endlich bereit ist: Bereit für die Liebe. Offen, sich einzulassen. Ja. Endlich weiß sie: Auch sie ist fähig zu lieben! Sie wird ihm überall hin folgen, sie wird seine Mauern einreißen.

Nach zwei Tagen wird Marie krank. Der Duft des Essens steigt ihr Übelkeit erregend in die Nase. Sie sieht Karl vom

Bett aus zu, wie er aufgeregt hin und her läuft, um den Tisch zu decken. Sie muss die Augen schließen, um seinem Blick auszuweichen, der sie unerträglich fragend durchbohrt.

Es ist also genauso gekommen wie sonst. Und es ist genau das Gefühl, das sie am meisten hasst. Marie schreit, schreit gewaltig, aber still. Jeder Bissen bleibt ihr im Hals stecken, die Angst schnürt ihr die Kehle zu. Er beobachtet sie.

„Schmeckt's dir?", fragt Karl.

„Ah, ich bin irgendwie komisch drauf. Tut mir leid. Ich kann nichts essen."

„Was ist denn?"

„Ich weiß nicht. Ich hab das manchmal." Maries Stimme ist rau. „Es ist eine Art Panik. Ich kann gar nicht klar denken. Ich kann es dir nicht beschreiben."

„Vor was hast du denn Angst?"

„Ich weiß nicht. Ich will gerade nur weg. Ist mir alles zu viel."

Der stumme Schrei in ihrem Inneren brüllt: Du bist mir zu viel! Was willst du, was willst du von mir? Was willst du? Hau ab!

Sie kann nicht, kann es ihm nicht erklären, ist ja selbst vollkommen überrascht und verwirrt.

Marie rennt im Kopf weite Wege, um an deren Enden verschlossene Türen zu finden, den gleichen Weg wieder zurück, um wieder vor Wände zu knallen. Und trotzdem rennt sie weiter und rennt und rennt. Karl kommt ihr zu nah, wo soll sie denn hin? Wo kann sie sich verstecken?

Er folgt ihr in ihr heilloses Durcheinander. Sieht es. Wie schrecklich.

Montagmorgen sitzt Marie im Zug. Nachmittags muss sie arbeiten. Karl hatte sie zum Bahnsteig gebracht.

Das letzte, was er gesagt hatte, war: „Es wird nichts so heiß gegessen, wie es gekocht wird."

Dieser Satz füllt ihren Kopf, wie steif geschlagenes Eiweiß.

Sie hatte jedes seiner Worte verschlungen, ungefiltert in sich eindringen lassen. Er schaffte es, dass sich all ihr Schein, all ihre gespielte Leichtigkeit auflöste und ihre nackte, hingegebene Seele dalag, wie rohes Fleisch. Jetzt ist sie froh, im Zug zu sitzen. Gestern hatte sie sich der Zweifel, die sich ihrer bemächtigten, nicht erwehren können. Wie ein fremdes Tier hatte seine Zunge in ihrem Mund herumgewühlt.

Wo keine Nähe ist, kann kein Kuss, keine Umarmung die Fremdheit überwinden.

Und doch hatte Marie so getan als ob, hatte sich für kurze Momente Vertrautheit eingebildet, um sofort danach vor Trauer über die missglückte Selbstlüge schreien zu können. Und nicht einmal der Schrei gelang.

So viel Wollen und nicht Können, treibt ihr die Tränen in die Augen. Hoffnungsmüde döst sie ein. Doch Ruhe ist ihr nicht gegönnt. Kaum schlägt sie die Augen auf, zerren die Gedanken in der gleichen Geschwindigkeit an ihr. Es wird nichts so heiß gegessen, wie es gekocht wird. Als er die Worte sprach, hatte es sich im ersten Moment leicht angefühlt, befreit, Marie hatte wieder lachen können. Aber jetzt sind diese Worte die Grube, in die sie fällt.

Die Woche vergeht zäh und dickflüssig. Der Job macht keinen Spaß. Das einzig Schöne dieser Tage ist der Weg zur Arbeit. Morgens bei Sonnenaufgang aus der Stadt raus, über Felder radeln, auch wenn das flache Land von Strommasten durchzogen ist und Industriewolken sich im Himmel ballen. Es gibt Bahngleise, die sie zu überqueren hat und an den drei aufeinanderfolgenden Tagen öffnet sich die Schranke in dem Moment, in dem sie dort ankommt. Marie deutet das als gutes Zeichen für ihre neue Liebe. Als sie nach Hause kommt, fängt sie an zu warten. Das Telefon. In die Erde gegrabenes Kabel. Weg zur Wirklichkeit.

Sie denkt ununterbrochen an Karl. Es dauert nicht lange, bis sich die reale Härte der Begegnung in leidenschaftliche Sehnsucht verwandelt. Marie schreibt ihm Briefe, rätselt über das Wesen der Liebe, denkt an Karl in großen, klaren Versprechungen. Sie begehrt ihn, verzehrt sich nach ihm.

Und fragt sich, ob sie sich etwas vormacht.

Er ist weit weg, fast nur ein Name, ein Gesicht und selbst das verschwimmt, bleibt Kontur. Es ist nicht einmal die Erinnerung an die Begegnung. Es ist pure Sehnsucht nach einem fernen Mann. Sie stellt sich die Liebe so groß vor. Alles an ihm mögen, sich ganz und gar wohlfühlen mit ihm, vertrauen ohne Angst. Die Tore ganz weit offen.

Doch sie fand es anstrengend, ihn zu küssen und so zu

tun, als würde sie ihn lieben, dabei zu denken, nein, und weiter zu küssen.

Parallel sehnt sich ihr ganzes Sein nach einem Wiedersehen.

Eine Woche später spazieren sie nachmittags Arm in Arm geschmiegt durch den Ort. Ihr Kopf summt Lieder. Marie ist glücklich. Lacht unvermittelt in den Himmel den Traum ihrer Liebe. Töne aus einer anderen Welt. Karl fragt sie, „Worüber lachst du?" und wieder ernüchtert will sie es ihm gar nicht sagen. Er kann es doch sehen! „Oh, was für eine hübsches Haus", sagt sie stattdessen. Er lässt nicht locker. Dabei hatte sie es ihm doch schon vor einer Stunde gesagt. Dass sie ES sich mit ihm vorstellen kann. Zehn Jahre, zwanzig Jahre, länger noch, ewig. Die Ungewissheit pikst.

Marie stammelt herum, ziert sich, versucht ihn zu küssen, doch er wendet sich ab und flüstert in ihr Ohr: „Wenn du es mir jetzt sagst, schlafe ich heute Abend ganz schön mit dir."

Als sie endlich das große Wunder preis gibt, stammelt sie: „Ich liebe dich."

Karl antwortet: „Ich weiß nicht, ob es das wert ist."

Sie erstarrt. Fassungslos. Lässt ihn los. Dass sie es nicht wert ist, dass er mit ihr schläft? Dass sie nichts wert ist? Dass ihre Liebe nichts wert ist? Erschüttert dreht sie sich um und geht.

Marie lebt im Land des Nebels, sieht keine Wege, irrt im Dunst, allein. Weit, weit hinten durch die grauen Schwaden ist ein schwaches Licht zu erkennen. Und sie rennt los.

Die Landschaft ist karg. Eine weite, schroffe, dunkelgraue Ebene. Trümmerlandschaft. Schlachtfeld.

So hatte Marie sich die Liebe nicht vorgestellt. Es ist Krieg.

Aus dem Nebel dringen Stimmen zu ihr. Tausend zertrümmerte Splitter rufen und sehnen sich. Aber sie greift beständig ins Leere. Konturlos und weinend sitzt sie im weichen Sand. Und greift. Und hält nie etwas in den Händen.

So sitzt Marie da. Und der zerbrochene Spiegel ist sie selbst. Ein in tausend Stücke gesprungener Spiegel. Die Teile sind überall. Auf dem Boden, um sie herum. Und sie sind ins Weltall gestoben. Ihr Ich hat sich aufgelöst. Von weit droben schaut sie dem Treiben auf der Erde zu.

Abgekapselt. Isoliert.

Mühelos gleitet der Zug in rauschender Geschwindigkeit durch die Landschaft.

Ihre Augen sind unter den geschlossenen Lidern still und unbewegt. Sie will nicht mehr, dass jemand sie sehen kann. Karl hatte gesagt, ich spiegel dich. Und sie hat ihm geglaubt.

Sie will nicht, dass es so in ihr aussieht. Unfassbar. Unglaublich. Unmöglich.

Sie ist doch unschuldig. Sie hat doch nur Liebe gesucht.

Wie aus dem Nichts, urplötzlich, taucht aus der grauen Wüste eine Armee empörter Wesen auf, die im Gleichschritt nach vorne drängen. Unaufhaltsam nähern sie sich der Front. Buhend, grölend, skandierend.

Das Beben in ihrer Brust erschüttert Maries Herzschlag, der arrhythmisch ein Ungleichgewicht in ihren Körper hämmert. Die Wut rollt von innen an ihre Wände. Durch die Blutbahn spült ein Schwall berstender Partikel, die sich entladen wollen. Ihre Fingerspitzen kribbeln. Es riecht angesengt. Sie schmeckt Eisen. Wie konnte er es wagen!

Wie konnte er es wagen, sie so zu behandeln. Er hat es bewusst getan. Die Horde füllt den Raum hinter ihrer Stirn aus. Alle brüllen durcheinander und fordern Rache. Zerquetschen! Zermatschen! Zermalmen! Sie tragen Fackeln in den Händen und stürmen das Treppenhaus zu seiner Wohnung hoch. Treten die Tür ein und halten die pechgetränkten Keulen an alles, was gut brennt. Das Bett steht schon lichterloh in Flammen. Wie berauscht ergreift das Feuer die Vorhänge, frisst sich gierig züngelnd, Luft verschlingend, fauchend empor. Das offene Fenster nährt mit windigem Fraß. Es prasselt, zischt und knackt. Marie schaut ihrer Rachefantasie atemlos zu.

Soll sie aussteigen und den nächsten Zug zurück nehmen? Ihn zur Rede stellen? Ihrer Wut freien Lauf lassen?

Marie springt auf, ergreift ihre Reisetasche und hastet aus dem Abteil.

Ihre Tasche verhakt sich an einer Sitzlehne.

Muntere Augen aus einem markanten Gesicht blitzen sie an.

Norbert Görg

GREGOR

I.

Über mir ist nur noch der Himmel. Zum Greifen nahe.

Es war ein weiter Weg gewesen und ich bin sehr erschöpft. Fast habe ich den Gipfel des Berges erreicht. Ich schaue zurück. Sehe grünes Dickicht, viele Bäume und dazwischen den schmalen, verschlungenen Pfad, der mich hierher führte.

Ein junger Mann mit Dreitagebart und kurzgeschnittenen Haaren taucht im gleißenden Sonnenlicht vor mir auf. Mich fröstelt, obwohl es sehr heiß ist. Der Mann sieht mich an. Seine Stirn glänzt von der Feuchtigkeit.

„Nur noch über die Brücke und du bist am Ziel", sagt er.

„Ein Katzensprung", nicke ich und atme schwer.

„Man weiß nur nicht, was einen erwartet", sagt er.

Wieder nicke ich. „Das weiß man nie."

Die Sonne säbelt mit glühenden Schwertern auf mich herab. Meine Knie schmerzen, die Füße sind taub. Ich habe einen brennenden Durst. Unten im Tal sehe ich in einer

Mulde den Fluss, behäbig, aber zielstrebig gleitet er voran. Ihn kann nichts aus der Ruhe bringen. Wie gerne würde ich von ihm trinken.

„Die Brücke ist doch sicher oder?", frage ich.

Er lächelt. „Bisher kam noch keiner zurück und hat sich über die Brückenverhältnisse beschwert."

„Was hat Sie hierher verschlagen?"

„Ich stehe immer hier. Ich habe einen Auftrag zu erfüllen."

„Ja", sage ich. „Haben Sie etwas zu trinken?"

„Leider nein."

„Mein Vater", sage ich, „ist auch schon hier hochgestiegen. Allerdings nicht bis auf den Gipfel."

„Auf den Gipfel kommt auch niemand."

„Ich will nur zu Gregor. Ich bin quasi mit ihm verabredet."

Sein Blick ist plötzlich nicht mehr so freundlich.

„Höher wagt sich kaum einer", sagt er. „Da oben ist die Luft noch dünner als hier."

„Aber Gregor ist doch dort oben?"

„Das weiß ich nicht. Hast du eine Einladung oder irgendwelche Papiere?"

„Wozu brauche ich die?"

„Ohne Papiere kein Zutritt."

So schwach ich mich auch fühle, so bin ich doch bereit, alles zu geben, um mein Ziel zu erreichen. Der Mensch hat ein unerschöpfliches Reservoir.

„Wir machen ein Spiel", sage ich. „Wenn ich gewinne, darf ich die Brücke passieren."

„Was für ein Spiel?"

„Wir können würfeln", sage ich.

„Ich würfele nicht", sagt er.

„Wie wäre es mit Schach? Das ist auch besser, weil es da nicht um reines Glück geht."

„Es gibt hier kein Schachspiel", sagt er, fast ein wenig enttäuscht.

„Und wohl auch keine Pokerkarten?"

Er schüttelt den Kopf. „Nein, ich sehe da keine Möglichkeit."

Er überlegt, kratzt sich an der Stirn. „Das heißt, ich habe eine Idee. Hast du eine Zigarette?"

Ich krame in meiner Hosentasche. Finde eine letzte.

„Sehe ich das richtig, für eine Zigarette lässt du mich durch?"

Er nickt und greift gierig danach. Zündet sie sich an.

„Dass jemand, der hierher kommt, Zigaretten dabei hat, ist selten", erklärt er und stößt Rauch aus. „Und hier oben gibt es keine. Rauchen ist doch tödlich." Er lacht. „Du musst wissen, vieles hat sich geändert. Früher standen hier große Warteschlangen und begehrten Eintritt. Jetzt habe ich nicht mehr viel zu tun. Aber", fährt er redselig fort, „ohne mich stehen die Räder still, das ganze System würde zusammenbrechen."

„Was für ein System?"

„Na alles."

Ich bin zu erschöpft, um zu begreifen, um nachzuhaken.

„Ich muss weiter."

„Ok, sagt er. „Du kannst weitergehen. Aber ich muss dir einen Besucherschein ausstellen."

Er zieht ein Formular hervor, leistet eine Unterschrift und reicht es mir. Ich stecke es in meine Hosentasche und betrete zögernd die Brücke. Sie führt über eine tiefe Schlucht, hat etwa die Breite einer Straße und ist seltsamerweise genauso feinsäuberlich asphaltiert. Die Seitenmauern sind aus Beton und brusthoch. Nichts und niemand befindet sich auf der Brücke. Am Ende sehe ich ein dunkles Loch, offenbar der Eingang zu einem Tunnel. Nicht sehr einladend.

„Viel Glück", ruft mir der junge Mann nach.

Vielleicht ist er eine Halluzination, denke ich. Welche Aufgabe sollte er hier erfüllen? Besucher kontrollieren? Wozu? Mein Körper ist fast gänzlich ausgetrocknet, das Blut gleitet klebrig in mir vorwärts wie ein Mahlstrom zäher Lava. Gleichzeitig ist mir immer noch kalt und ich spüre eine Gänsehaut. Es ist nicht weit bis zum Ende der Brücke. Ich bewege mich vorwärts, tapernd, unsicher, stolpernd. Ich befürchte, dass ich kurz vor dem Ziel schlapp mache. Es weht kaum ein Lüftchen. Der Himmel ist von der Sonne ausgemergelt, feine, grelle Schmierschleier versperren die Sicht.

Ich spüre tatsächlich aufkommende Resignation. Ermahne mich: Nicht umdrehen. Ein Ende des Kampfes ist in Sicht. Meine Beine sind wie abgetrennte Stümpfe. Ich spüre sie nicht mehr. Aber sie leben noch, ich sehe, wie sie zucken. Der Lebensimpuls ist nicht versiegt. Ich ignoriere die trügerische Wollust des Endspurts. Ein kriechender, zermürbender Endspurt.

Als ich das Ende der Brücke erreiche, erwartet mich tatsächlich ein dunkler, gewölbter Eingang. Davor steht der junge Mann von eben. Lächelnd.

„Gratuliere. Du hast es geschafft."

„Wer sind Sie?", frage ich schwitzend und keuchend. Spüre kaum meine Zunge. Der junge Mann reicht mir eine Flasche Wasser. Lächelt erneut.

„Die meisten Menschen bleiben lieber im Tal, auf sicherem Boden. Zumal der Weg beschwerlich ist. Von den wenigen, die sich bis hierher gewagt haben, kehren manche jetzt noch um."

Ich trinke hastig aus der Flasche.

Er fährt fort: „Nun brauche ich noch das Codewort und du kannst eintreten."

„Codewort?"

„Also?" Er wird ernst.

„Ich – ich ken-ne kei-ns", sage ich lallend vor Überraschung und Enttäuschung. Das ist wohl ein Witz, will ich sagen, aber es kommt nicht über meine Lippen.

Ich bitte mit einer Geste darum, die Flasche leertrinken zu dürfen. Er gewährt es mir. Ich trinke langsam, um Zeit zu gewinnen.

„Ohne Codewort muss ich dich leider zurückschicken", sagt er ohne Hohn, eher mit Bedauern.

Mein Blut fügt sich wieder in den normalen Kreislauf ein. Das Gehirn arbeitet unter Hochspannung. Leider habe ich keine Zigarette mehr, die ich ihm anbieten kann. So kurz vor dem Ziel umkehren? Unmöglich. Soll ich diesen seltsamen Wachtposten beiseiteschaffen? Aber wie?

„Gibt es keine andere Möglichkeit?", frage ich schwerfällig.

Er schüttelt fast traurig den Kopf. „Leider nein."

Ich merke, die Situation ist nicht verhandelbar. Ich suche nach einem Stein oder einem schweren Stock. Er verfolgt meine Blicke.

„Versuch nicht, mich zu töten", sagt er mit einem spielerischen, warnenden Lächeln. „Das haben schon viele versucht. Ihre Knochen bleichen gerade in der Sonne." Er lacht. Diesmal etwas rau und künstlich.

Die Sonne. Ihre Strahlen sind wie Pfeile aus einem heißen Köcher, die meinen Kopf durchlöchern und jeden Gedanken pulverisieren.

Am dunklen Eingang taucht eine Frau auf.

„Lass ihn durch, Olek", sagt sie.

Olek fährt herum und wirft ihr giftige Blicke zu.

„Lass ihn durch", wiederholt sie streng.

Olek heißt mich mit einer Geste weiterzugehen.

II.

Ich bewege mich auf die Frau zu. Die Schritte gelingen wie in Trance.

„Folge mir", sagt sie sanft und geht voran.

Ich betrete eine große Höhle mit einer schwindelnden Höhe. Licht bieten nur einige Fackeln an den Wänden.

Es ist heiß und stickig.

Die Frau dreht sich zu mir herum.

„Warum hast du das Wagnis auf dich genommen, hierher zu kommen?"

Sie hat schulterlange, rote Haare, lange Wimpern, volle Lippen und trägt ein schlichtes, pastellfarbenes Kleid. Ihre Augen drücken eine freundliche Distanziertheit aus.

„Ich – Ich …" Ich versuche zu sprechen, aber wieder fällt es mir schwer. Der mangelnde Sauerstoff lähmt meinen Atem.

„Ich wusste gar nicht …", stammele ich mühsam, „… dass im Berg jemand ist."

„Das weiß kaum jemand. Alle wollen auf den Gipfel. Meist sind es Männer", sagt sie fast vorwurfsvoll. „Frauen haben mehr Geduld."

Ich verstehe ihre Worte nicht, spüre eine starke Müdigkeit. Sehe mich um. Entdecke inmitten der felsigen Wände kleine Ausgänge, wie Stollen in einem Bergwerk.

„Also, warum bist du hier?", fragt sie erneut.

„Ich … ich suche Gregor."

„Was willst du von Gregor?" Die Stimme der Frau bekommt einen scharfen, schneidenden Ton. „Er ist nicht zu sprechen", sagt sie kühl, ohne mich anzusehen. Immerhin scheint sie ihn zu kennen.

„Bitte!", sage ich, erleichtert, dass meine Stimme wieder Ausdruck bekommen hat. Sie schüttelt den Kopf.

„Bitte", wiederhole ich, „nur Gregor kann mir helfen."

Sie sieht mich durchdringend an.

„Wenn du ehrlich bist, suchst du doch Liebe. Ich kann

sie dir geben."

Ich kann es kaum glauben. Dass an diesem ungemütlichen Ort jemand an Liebe denken kann.

„Wie kann ich Sie lieben? Wir kennen uns nicht."

Mit herausfordernden Blicken mustert sie mich. „Das ist schade. Ich spüre deine stille Sehnsucht, dein Verlangen. Jeder lebende Mensch hat das. Du lebst doch noch?"

„Ich denke ja."

„Ohne Liebe kommst du nicht weiter."

„Es gibt etwas Größeres", entgegne ich.

Sie überlegt. Sagt: „Du jagst ein Phantom."

Ich antworte mit einem kühlen Schweigen.

„Dafür, dass ich dich hier hereingelotst habe", sagt sie, „hätte ich etwas mehr Dankbarkeit erwartet."

Ihre Augen haben jeglichen wärmenden Glanz verloren.

„Ich will zu Gregor", sage ich tumb, wie ein Kind, das es darauf anlegt, seinen Willen mit Trotz durchzusetzen.

Ich habe mich ein wenig an die Dunkelheit und die Hitze gewöhnt. Bündele erneut all meine Kräfte. „Was muss ich tun, damit Sie mich zu Gregor führen?"

„Ich bin nicht die Empfangsdame von Gregor." Sie lacht schrill. „Vielleicht bin ich ja Gregor."

„Gregor sieht anders aus", sage ich ungehalten. „Älter. Und er würde sich nicht als Frau verkleiden."

Vielleicht ist sie, denke ich, eine Halluzination. Genau wie der Wachtposten.

„Ich habe eine Frage", sage ich. „Was geschieht mit den

Menschen, die hierher kommen?"

„Siehst du die vielen Gänge? Jeder Mensch hat seinen eigenen Gang, der nur für ihn bestimmt ist und bei Bedarf betreten werden darf."

„Jeder hat seinen eigenen Gang", wiederhole ich stumpf und ungläubig, „nur für ihn zugänglich?"

„Ja."

„Wohin führt er?"

Sie antwortet nicht. Ihr Gesicht spiegelt so etwas wie Ratlosigkeit wieder. Dann sagt sie:

„Mir scheint, du nimmst diesen Gregor zu wichtig. Du solltest dich lieber auf das Wesentliche konzentrieren."

„Auf die Liebe?"

„Ja. Zum Beispiel." Wieder lacht sie. Streicht sich über ihre aufgedonnerte Haarpracht. „Du bist genauso lieblos wie alle, die hierher kommen. Du bist unmenschlich. Wie ein Tier."

„Wenn ich Sie lieben würde, wäre ich einem Tier ähnlicher."

Ich entdecke, dass aus einem der Ausgänge Rauch quillt. Er sieht aus wie Nebel. Aber dazu ist es hier zu heiß.

Ich deute dahin. „Was ist da?"

Erschrocken sagt sie: „Das ist kein guter Weg. Es ist vor allen Dingen nicht *dein* Weg."

„Führt er zu Gregor?"

„Vielleicht. Ich weiß es nicht."

„Wenn es der falsche Weg wäre, müsste er doch für mich verschlossen sein?"

Sie lächelt überlegen.

„Mit Logik kommst du hier nicht weit."

„Wo ist *mein* Weg?

„Du wirst ihn finden."

„Finden muss ich Gregor."

Ich nähere mich dem Eingang, aus dem der Rauch kommt. Mir scheint, er wird stärker.

„Dort hinein würde ich nicht gehen", sagt die Rothaarige. „Es ist der gefährlichste Weg."

„Gregor sagte mal, der Weg zu ihm wäre der gefährlichste. Also muss er es sein."

Sie startet einen letzten, vergeblichen Versuch: „Kann es sein, dass du dich selbst suchst?"

„Sucht nicht jeder, der auf der Suche ist, letztlich sich selbst?", erwidere ich.

„Richtig. Deshalb brauchst du diesen Gregor nicht mehr. Weil du mich hast. Du bist Gregor und ich bin du."

Ihre Worte hallen in mir nach wie ein finsteres, höhnisches Echo.

„Nein, du bist nicht ich", rufe ich. „Das Leben ist letztlich eine Phantasie, ein Spiel. Auch du bist nur eine Illusion, ein Schatten, eine Schimäre, die erotische Ausgeburt meiner ungestillten Sehnsucht. Da hast du Recht. Du bist ein von mir ausgemaltes Bild. Ich aber möchte in die *Realität*. Zu dem ganz *Anderen*. Nur dort finde ich Heilung. Gregor weiß, was ich meine. Er wird mir helfen."

„Du bist nicht nur lieblos, sondern auch verrückt!"

Sie wendet sich mit einer theatralischen Geste von mir ab.

Ich gehe. Der Gang ist der einzige von den vielen, aus dem Rauch kommt. Ich betrete ihn. Muss husten, weil der Rauch sehr dicht ist. Ich sehe fast nichts, taste mich langsam vor. Der Tunnel ist breiter, als ich dachte. Mindestens vier Meter. Am Ende leuchtet etwas. Dann sehe ich, dass es sich um das Flackern eines Feuers handelt. Aus einem Bogen, den der Gang macht, züngeln halbhohe Flammen hervor. Sie werfen Schattenspiele an die Wand.

In mir flammt auch etwas auf, nämlich der Verdacht, dass ich mich auf einem Irrweg befinde. Gedanken eilen herbei, ungerufen, ungeordnet, beunruhigend: Warum ist der Gang zu Gregor so schwer? Weiß er von meiner Ankunft? Ich hatte ihm eine Nachricht geschickt, in der ich mein Kommen ankündigte. Vielleicht kam sie nicht an. Oder Gregor hat sie nicht ernst genommen. Gregor hat mich nie ernst genommen.

Er würde jetzt schmunzeln, wenn er sähe, wie ich jetzt zurückweiche vor der Gefahr. Wie ich mich an der Steinwand entlang taste, rückwärts, rückwärts, in der vagen Hoffnung, den Eingang des Verderbens, in den ich eintrat, zu finden. Ich taste und taste, aber er ist im Rauchdickicht verschwunden.

Es gibt kein Zurück mehr. Also gehe ich nach vorn. Keuchend, aber aufrecht. Um zu sehen, ob es einen anderen Ausweg gibt. Die unerträgliche Hitze lähmt meinen Atem. Der Schweiß springt mir aus allen Poren.

Langsam nähere ich mich der Biegung des Ganges. Erreiche sie. Ich wage den Blick ums Eck und erstarre vor

Entsetzen: Flammen schlagen wie aus Flammenwerfern heraus, scheinen mich erwartet zu haben, so gierig lecken sie in meine Richtung. Der Gang ist taghell. Ich sehe nicht, was da brennt. Ich rieche nichts. Es prasselt und knistert, es knackt und schmatzt. Die Flammen sind zum Teil mannshoch. Was, wenn ich aus dieser Feuerhölle nicht mehr herauskomme? Dann wäre alles umsonst: mein mühsamer Aufstieg bis hierher, mein ewiges Suchen. Mein Leben.

Bei einem zweiten Blick spüre ich aber auch die herrschaftliche, prachtvolle, wütende Eleganz des Feuers. Seine Zerstörungskraft hat auch etwas Anziehendes, Magisches. Für einen Moment vergesse ich die Gefahr und staune über diese bodenlose Macht des Brandes, der mich anstrahlt wie ein großer Bühnenscheinwerfer. Die Flamme ist die Essenz des Lebens und zugleich das lodernde Nichts. Sie kann mich völlig auffressen, wie ein großes, hungriges, gefühlloses Tier. Kann mich innerhalb von Sekunden in ein Stück Asche verwandeln. Nicht einmal Schmerz würde ich mehr spüren. Nie mehr.

Als ich einen dritten Blick wage, sehe ich eine schmale Bahn inmitten der Feuersbrunst, eine Lücke, wie ein kleiner Pfad, fast feuerfrei. Nur voller Funken, wie kleine Würmer mit leuchtenden Augen, die mich anstarren. Ein Kind könnte mit etwas Geschick an dem geifernden Ungeheuer vorbeitänzeln. Als Erwachsener riskiere ich mein Leben. Warum ist niemand da, der mir hilft? Der Wächter wollte mich nicht hereinlassen. Die Frau hat mich gewarnt. Wo ist Gregor?

Mit solch einem Ende habe ich nicht gerechnet. Eigentlich denkt keiner an sein Ende. Weil es kein Ende gibt: Wenn es da ist, bin ich nicht mehr da.

Ich mobilisiere all meine Kräfte, visiere den schmalen Rettungsstreifen an und sprinte los. Die Riesenklauen der Flammen greifen nach mir, warme, zärtliche Arme, die mich umschlingen möchten, mich einhüllen in ihren dichten Schutzmantel … Ich will um Hilfe schreien, aber der Atem versagt mir. Der letzte Blick fällt auf mein rechtes Bein. Es brennt lichterloh. Dann verliere ich das Bewusstsein.

III.

Als ich erwache, fühlt sich mein Körper angenehm an. Mein erster Blick gilt meinen Beinen. Sie sind völlig unversehrt. Ich habe keinerlei Schmerzen.

Der Raum, in dem ich mich befinde, ist dürftig ausgestattet. Ein Raum, hoch wie ein Schacht, ohne Fenster. Die Wände sind mit Holz getäfelt. Ich liege auf einer gut gepolsterten Liege. Vor mir sitzt auf einem Stuhl ein Mann. Um die fünfzig mit einem kahlen Schädel. Es ist nicht Gregor.

„Du bist einer der wenigen, die sich hierher getraut haben", sagt er ernst, „und dem Feuer getrotzt haben."

„Wo bin ich und wie lange bin ich hier?", frage ich.

„Du bist in sicheren Händen und das schon dein ganzes Leben."

„Aha", murmele ich.

„Weißt du, das Feuer ist das größte Glück des Menschen

und zugleich seine größte Gefahr. Es gerät leicht außer Kontrolle und das macht vielen Angst. Dabei kann niemand ohne Feuer leben."

„Was meinen Sie damit? Jeder, dem ich hier begegne, redet in Rätseln."

„Die Welt selbst ist das Rätsel", sagt er. „Aber wir tun, was wir können."

Mein Körper ist wieder völlig intakt, erholt wie nach einem langen Schlaf, und der Kopf ist von einer ungewohnten Klarheit. Als wäre er von allem Schutt befreit. Ich setze mich aufrecht hin.

„Das Feuer interessiert mich nicht", sage ich. „Ich will zu Gregor."

„Aber in der Welt dreht sich doch alles um das Feuer", sagt der Mann fast ein wenig erstaunt, als wolle er andeuten, dass ich etwas nicht begriffen habe.

Ich frage mich, wann dieser Pyromane endlich auf den Punkt kommt.

„Jeder, der sich nicht mit dem Feuer auseinandersetzt", erläutert er, „verpasst das Wesentliche im Leben." Er stockt. Streicht sich über seinen Glatzkopf. „Wer ist denn dieser Gregor, der dir wichtiger erscheint als das Feuer?"

„Sie kennen ihn nicht? So etwas wie ein alter Freund."

„Und der soll sich hier aufhalten?"

„Eigentlich soll er auf dem Berg in einer Holzhütte hausen, sagte man mir."

„Also hier ist er nicht. Soviel ist sicher. Und auf dem Berg ist auch niemand, da ist nur Einöde, Leere, das Nichts."

Da ich nichts erwidere, fährt er fort: „Die wenigen, die hierherkommen, sind über das materielle Stadium, so nenne ich es, hinaus. Die einen wollen etwas über die Liebe wissen. Sie sehnen sich nach Liebe und verbinden mit ihr etwas Schönes. Aber sie wollen nicht wahrhaben, dass die Liebe zwei Seiten hat. Die zweite Seite ist die, die ihnen jegliche Kontrolle raubt, die sie zu Monstern und Bestien werden lässt und sie zu verschlingen droht. Die anderen, die sich hierher trauen, sind die Verzweifelten, die die Liebe für sich aufgegeben haben und daher dem Wahnsinn nahe sind, aber unfähig sind zu sterben. Sie alle begreifen nicht, dass nur das Feuer den Sinn vermittelt."

„Aber das Feuer vorhin war doch nicht echt oder? Das war doch Hokuspokus, eine Projektion, eine virtuelle Demonstration?"

Er beugt sich ein wenig vor. „Das Feuer ist so wahr, wie du hier sitzt."

„Also gut. Wo ist Gregor?", frage ich forsch.

„Was willst du von ihm?"

„Er ist der einzige, der mir meinen Schmerz nehmen kann."

„Warum sollte er das können?"

„Weil er die Fähigkeit dazu hat."

„Woher willst du das wissen?"

„Ich bin ihm ein paarmal begegnet. Ich habe es gespürt."

„Und weil du diesem Irrtum erlegen bist, hast du diesen weiten Weg auf dich genommen?"

„Ja. Es ist eine existentielle Frage."

„Du hast dein Leben umsonst riskiert. Es war sinnlos."

„Mein Leben?"

„Dein Weg hierher. Zeitverschwendung. Es gibt keinen Gregor."

„Und wer sind Sie dann? Was machen Sie hier? Sie und diese Frau und dieser Wächter? Was soll das ganze Theater?"

„Niemand hat dich hierher gebeten. Es war deine freie Entscheidung. Und nun beklagst du dich."

„Ich beklage mich nicht, ich will nur zu Gregor."

„Beschreibe deinen Schmerz."

„Warum sollte ich das tun?"

„Ich will wissen, ob du zu den Liebesuchenden gehörst oder zu den Verzweifelten."

„Wozu?"

„Vielleicht kann ich dir helfen."

„Das bezweifle ich. Niemand kann mir helfen. Nur Gregor."

Er sieht mich an, mit einem Hauch von Ironie und Mitleid. „Du gehörst offensichtlich zu der zweiten Kategorie."

Ich stehe auf, spüre die geballte Kraft der Suchenden, die unbeirrt ihren Weg gehen wollen und wütend werden, wenn sie den Eindruck haben zu scheitern.

„Warum werden mir so viele Steine in den Weg gelegt? Das ist doch hier ein Irrenhaus!"

„Ja", bestätigt er. „Die Welt ist das, als was du sie interpretierst."

„Also gut", sage ich, „was mich bekümmert, ist der Liebesschmerz. Eigentlich ist es ein Lebensschmerz."

Der Glatzköpfige nickt lächelnd. „Das Übliche. Den Schmerz zu leben hat jeder zu tragen. Aber es ist nicht der Lebensschmerz. Es ist der Stachel des Todes, der dich schmerzt."

„Ist das nicht das Gleiche?"

Er lächelt dünn. „Philosophen wie du sind hier nicht gerne gesehen. Sie stellen zu viele Fragen und bringen das ganze Gefüge durcheinander."

„Was geschieht mit uns?"

„Nichts. Ihr kommt und geht wie alle. Das ist der Lauf der Welt. Ein Kommen und Gehen. Es ist sinnlos, Fragen zu stellen. Es gibt keine Antworten."

„Das möchte ich von Gregor selbst hören."

Er lässt so etwas wie einen Seufzer los.

„Also gut. Unsere Zeit ist sowieso um." Er deutet auf einen Teil der Wand, an der sich ein Spiegel befindet, den ich bisher nicht bemerkt hatte, etwa in der Größe einer Tür. „Wenn du diese Tür öffnest, wird sich dahinter entweder nichts befinden, wie ich behaupte, oder dein Freund Gregor."

„Erwartet mich dahinter wieder ein Feuer?", frage ich misstrauisch.

„Nein. Das Feuer ist nicht überall."

Ich stehe auf, trete festen Schrittes auf den Spiegel zu. Sehe keinen Griff.

„Sie ist nicht zu öffnen wie eine normale Tür. Du musst dich nur dagegen lehnen", sagt der Mann.

Ich folge seiner Anweisung, stolpere, falle in ein Etwas und habe das Gefühl zu erblinden. So grell blitzt das Licht auf. Es betäubt meine Augen, sticht in meinen Kopf. Minutenlang. Langsam gewöhne ich mich an das Sonnenlicht.

Ich befinde mich auf einer Wiese neben der Brücke.

Olek sitzt vor mir auf einem kantigen, glatten, wie abgeschliffenen Felsbrocken und grinst mich an.

„Der Abstieg ist leichter." Er zwinkert mir zu.

Ich fühle mich etwas benommen, aber auch sehr entspannt. Als wäre meine Mission erfolgreich verlaufen.

Auf dem Rückweg fühle ich etwas in meiner Hosentasche. Es ist der Besucherschein. Ich lese:

Es ist noch nicht deine Zeit.

Gregor

Anna Rudy
MOHAMMED

Explosion im Einkaufszentrum!

Am Samstag, den 22. 07. 2017, um 13.37 Uhr richtete eine Explosion in einem Einkaufzentrum verheerenden Schaden an. Neun Menschen starben, unter ihnen der Attentäter.

Bei dem Täter handelt es sich um den 24-jährigen Mohammed D., der sich mit einem Sprenggürtel das Leben nahm und acht Besucher des verkaufsoffenen Sonntags mit sich in den Tod riss. Zwölf Menschen wurden schwer verletzt, vierundzwanzig erlitten leichte Verletzungen.

Den Augenzeugen und Überwachungskameras zufolge war Mohammed D. ein Einzeltäter. Laut Polizeiberichten wurde er nie verdächtigt, der extremistischen Szene anzugehören. Zusammen mit seiner Familie kam er vor zwanzig Jahren aus der Türkei nach Deutschland. Nachbarn und ehemalige Mitschüler charakterisierten Mohammed D. als einen netten, freundlichen, jungen Mann. Wo und wann Mohammed D. radikalisiert wurde, ist derzeit unbekannt.

Vertreter aller Parteien äußerten sich entsetzt über diese
grausame Tat. Ob es sich um eine religiös oder politisch moti-
vierte Aktion oder einen persönlichen Racheakt handelte, ist
ungeklärt. Die Ermittlungen nach den Hintergründen werden
fortgesetzt.

22. 07. 2017 – 13.30 Uhr

Einkaufszentrum. Viele Autos auf dem Parkplatz. Heute
ist ein großer Tag für mich. Mein Herz schlägt schnell und
beginnt zu rasen. Atme ein und aus, ein und aus, ganz langsam, wie Ramsul sagte.

„Doch wer sich Allah hingibt und Gutes tut, der hat seinen
Lohn bei seinem Herrn; und diese werden weder Angst haben
*noch werden sie traurig sein." * [Koran Sure 2, Vers 112].

Ich komme rein, presse die Zähne zusammen, damit ich
nicht zittre. Ich atme ruhig, Ramsul. Ich atme ruhig. Allah,
ich liebe alle diese Menschen, ich werde sie heilen und zu dir
bringen.

Meine Hände sind verschwitzt und rutschen beim ersten
Versuch von der Schnur. Eine Frau in der Nähe sieht mein
Gesicht und schreit erschrocken, ich schreie zurück.

Meine Hand rutscht ein zweites Mal ab, jemand schreit
etwas, ich höre das Pfeifen, sehe panische Gesichter, alle rennen weg, ich renne ihnen hinterher und zerre schließlich fest
an der Schnur: „Allah ak …"

Orange, Gold, Rot. Ich habe Flammen gefangen.

22. 07. 2017 – 10.30 Uhr

Drei Tage Vorbereitungen sind vorbei, mit Gebeten und Fasten, mit Gesprächen und Koordination. Ich bin jetzt bereit: stark und kühl, wie der Körper einer Rakete. Ich bin eine Rakete. Ich bin eine Vernichtungsmaschine auf dem Weg zu ihrem Ziel. Ich werde alle diese Menschen, die dieses verdorbene System heilig heißen, retten. Sie haben keinen rechten Glauben. Ihr Gott ist Geld. Es allein herrscht. Ich gehe meine Route, ganz nach Plan. Ich habe noch genug Zeit.

Da kommt ein junges Mädchen, 13, 14 Jahre alt. Kurze Shorts. Ihre Pobacken schaukeln nach rechts, nach links. Wozu ist sie so angezogen? Ist sie eine Hure? Bestimmt nicht. Aber dieses System macht sie zur Hure. Ich kann ihr helfen. Ich will nicht, dass meine Schwestern und meine Tochter sich so anziehen.

Man kann dieses Geldsystem von Wucherern nicht mehr reparieren. Man muss es vernichten und ein neues, gerechtes System einführen, mit dem richtigen Glauben und den wahren Gesetzen. Wir, die Heilige Armee, werden diese Welt retten. Wir werden dieses Mädchen heilen. Ich werde sie heilen. Ich werde alle heilen, die ich mitnehmen kann. Und die Nächsten werden meine Brüder heilen, und die Nächsten und die Nächsten, bis wir die ganze Welt von diesem Geldglauben heilen. Ich bin eine Heilsrakete und steuere auf mein Ziel hinaus.

20. 07. 2017

Die Sonne scheint ganz ungewöhnlich warm für Deutschland, als wäre ich im Süden. Dort, wo in den Kämpfen Abdul und meine anderen Brüder gestorben sind. „Wir sind Soldaten, wir weinen nicht. Wir kämpfen noch härter weiter für die, die nicht mehr bei uns sind", sagte Ramsul immer. Ramsul ist jetzt auch tot. Meine letzte Aufgabe habe ich von Jo bekommen. Er hat mir über unsere Verluste erzählt.

„Jetzt bist du dran, Mohammed. Wir zählen auf dich. Deine Heldentat wird unserem Glauben dienen."

Ich verabschiedete mich von meinen geliebten Mädchen: Aische ist hochschwanger. Mein Sohn, er soll Ramsul heißen, soll bald das Licht der Welt erblicken. Schade, dass wir uns nicht mehr hier treffen. Leila weint und will mich nicht loslassen, als ob sie etwas ahnt. Aische ist ahnungslos. Eine Dienstreise, sage ich ihr.

„Passt gut auf euch auf", sage ich zu Leila und küsse sie auf die Nasenspitze.

Ich habe keinen Weg zurück.

„Du hast doch deine Familie, Mohammed", sagt Jo. „Mach dir keine Sorgen. Sie bekommen eine Unterstützung von uns. Wenn du uns aber enttäuschst, bekommen wir deine Familie." Das war eigentlich unnötig. Ich kenne das. Ich weiß, wie unsere Armee handeln muss. Ich bin selbst ein Trainer. Ich war selbst ein Trainer. Der letzte von unserer Ramsul-Gruppe, der noch am Leben ist. Abdul hatte Recht. Sie alle hatten Recht. Sie starben alle im Kampf für unseren

Glauben, zusammen, so wie wir gebetet haben. Das wäre mir lieber gewesen. Ich habe Angst. Ich wollte nie ein Held werden. Ich bin kein Held. Ich werde für unseren Glauben sterben.

08. 10. 2015

Abdul ist seit anderthalb Jahren im Kampf. Er ist ein Soldat der heiligen Armee. Er macht jetzt „seine Reise", die ihm Ramsul vor Jahren versprochen hatte. Ich bin der Einzige aus meiner Gruppe, der hier geblieben ist. Ich würde auch gerne dort sein, mit unseren Jungs, mit Kobo.

Ich bin jeden Tag in der Moschee, so wie früher. Wir haben jetzt einen neuen Lehrer. Er heißt Narun und sieht Ramsul etwas ähnlich. Ist aber ein anderer Typ. Sehr energisch, Feuer und Flamme. Die Jungs, die gerade zu uns kommen – ich habe auch schon viele mitgebracht –, sie sind alle von Narun geblendet. Wenn er über die schwierigsten Suren redet, hängen sie ihm an den Lippen.

Ich habe jetzt das Training übernommen. Die harte Schule von Kobo nutze ich jetzt, um die neuen Jungs für den Kampf vorzubereiten. Ich selbst bleibe solange in Deutschland, wegen Aische oder eigentlich wegen meiner Mutter.

Nach Ramsuls Besuch vor drei Jahren benahm sich meine Mutter, als wäre sie verrückt. Sie fing an überall zu schnuppern, Informationen zu sammeln, wurde so misstrauisch und wollte plötzlich alles über unsere Moschee wissen. Was wir dort machen? Was wir dort lernen? Wie oft wir dort beten?

„Mutter", sagte ich ihr ruhig, so wie es Ramsul getan hätte, „davor warst du unzufrieden, dass ich gar nicht bete, jetzt bist du unglücklich, dass ich viel bete."

„Nein, nein. Ich bin glücklich, dass du betest. Aber ich will nicht, dass du einer von denen wirst ...", sagte meine Mutter und biss sich in die Lippe. Sie hatte Angst, ihren Verdacht laut zu äußern.

„Einer von welchen", fragte ich kühl. Ich wusste schon, dass manche Quasi-Moslems uns nicht mögen.

„Ich meine ...", meine Mutter hatte sich ganz verhaspelt.

„Mutter, ich bin ein Mann. Ich respektiere dich, weil du meine Mutter bist, aber meine Entscheidungen treffe ich selbst", sagte ich entschlossen.

Meine Mutter weinte.

„Was kann eine Frau schon tun?", dachte ich, aber sie tat tatsächlich einiges.

Seit unserem Gespräch fing meine Mutter an, unverheiratete Mädchen unter verschiedenen Vorwänden zu uns zum Essen einzuladen.

Jedes Wochenende fand ich ein neues Gesicht an unserem Familientisch. „Mama will, dass du heiratest", kicherten meine Schwestern. Alle eingeladenen Mädchen waren nett und alle waren mir gleichgültig, bis Aische kam.

Sie saß am Tisch so, als wollte sie sofort wegrennen. Der Sessel schien für sie wie ein Folterstuhl zu sein. Als das Essen zu Ende ging, verabschiedete sie sich freundlich und rannte zur Tür. Meine Schwestern machten sich aus diesen

Heiratswochenenden ihren eigenen Spaß. Sie trafen die arme „Braut" nach dem Essen im Korridor und flüsterten ihr viele Gemeinheiten über mich zu. Ich habe dieses Spiel geduldet, schließlich war das nicht meine Idee mit der Heirat. Diesmal wollte ich Aische den unnötigen Stress ersparen und eilte selbst in den Korridor, meinen Schwestern entgegen. Sie sahen mich und liefen kichernd wieder weg.

„Danke, Aische, dass du zu uns gekommen bist", sagte ich. „Ich hoffe meine Schwestern haben dir jetzt gerade nichts Blödes gesagt".

„Nein. Jetzt nicht", sagt Aische mutig. „Aber vor dem Essen, als ich gekommen bin, sagten sie mir, dass du schon längst eine deutsche Frau und einen unehelichen Sohn hast. Aber ich darf es deinen Eltern nicht erzählen, weil sie sonst auf der Stelle sterben", sagte Aische energisch. „Ich finde es blöd, dass ich für dich meine Zeit verschwenden musste".

„Was für ein Quatsch. Das ist doch Blödsinn.", lachte ich laut. „Was für eine Fantasie".

Aische schaute mich ganz aufmerksam mit ihren dunklen, runden Kirschaugen an und dann lachte sie mit. Ein halbes Jahr später waren wir verheiratet, und dann kam meine wunderschöne Tochter Leila zur Welt. Allah sei Dank, sie ist gesund und macht uns glücklich.

Ramsul, der uns alle noch im Auge behielt, hatte empfohlen, dass ich das Training übernehme. Er sagte mir bei unserem Skype-Gespräch: „Sei ein guter Vater, nicht nur für deine Tochter, sondern auch für unsere Jungs, Mohammed.

Du bist ein Soldat der Heiligen Armee, mein Sohn, vergiss es nicht. Wenn wir dich brauchen, werden wir dich rufen."

03. 12. 2012

Ramsul ist weg. Vor drei Monaten musste er wieder zurück. Wir haben jetzt einen neuen Lehrer. Er heißt Kobo. Kobo ist fünfunddreißig, sieht aber viel älter aus. Seine Haare sind grau. Er war bei vielen Kämpfen dabei, zuletzt in Afghanistan. Kobo ist sehr stark. Er macht mit uns das Training. Das ist aber eher eine richtige Dressur. Ramsuls Training war im Vergleich zu ihm eine Erholungstour. Kobo sagt, wenn wir nach seinen Übungen heulen: „Wenn ihr erst mal dort seid, werdet ihr meine Härte schätzen." Wir werden bald unsere „Reise" machen, wie es Abdul mir vor drei Jahren versprochen hatte. Wie naiv wir damals waren, nichts wissend, blöd, ungläubig.

Bald bin ich fertig mit meiner Ausbildung, werde noch die Prüfungen schaffen, bevor es losgeht.

Meine Eltern sind froh und glücklich. Mein Vater wollte unsere Moschee besuchen und sich bedanken, damals noch bei Ramsul. Ramsul sagte, dass er lieber zu uns kommt. Kurz vor seiner Abreise war er bei mir Zuhause. Meine Mutter bereitete ein Festessen und alle haben Ramsul als einen sehr großen Gast empfangen. Ramsul sprach viel mit meinem Vater über mich, und meine Mutter bedankte sich, dass ich wegen ihm so viel ruhiger und ein guter Moslem geworden bin und meine Ausbildung bald zu Ende bringe. Ramsul nickte, war sehr aufmerksam und geduldig, so wie er es immer war.

Zum Schluss bedankte sich Ramsul bei meinen Eltern und sagte, dass er bald abreist, mich aber gerne zu sich einladen wird.

„Wohin?", wollte mein Vater wissen.

„Wo Allah einen seiner Helden braucht", sagte Ramsul mit freundlichem Lächeln.

22. 11. 2011

Seit knapp einem Jahr bin ich bei Ramsul in der Moschee. Das ist das Beste, das mir passieren konnte. Ich habe früher gar nichts gewusst. Und nicht nur ich. Abdul und die anderen Jungs wussten das auch nicht. Ramsul erzählt uns viel über das Heilige Buch Koran, über die Bedeutung unseres Schicksals, über unsere große Mission. Ich wusste nicht, was es bedeutet, Moslem zu sein. Meine Eltern, die sich selbst für Moslems halten, verstehen ganz wenig davon.

Meine Mutter war sehr glücklich, als ich zu beten angefangen habe. Aber nicht nur Mutter. Ich bin auch glücklich geworden. Alles hat jetzt einen richtigen Platz in meinem Leben. Das Beten hat mein ganzes Leben verändert. Ich weiß jetzt, was ich will. Ich bin Allahs Geschöpf und kann meine Zeit nicht blöd vergeuden.

Ich stehe um 6.00 Uhr auf, führe mein erstes Gebet aus. Das stimmt mich richtig für den ganzen Tag. Dann esse ich und gehe zu meiner Ausbildung (ich werde Elektriker).

„Das ist ein nützlicher Beruf und kann gewinnbringend für unsere Gruppe sein", sagte Ramsul. Nach der Schule fahre ich direkt zu uns in die Moschee, wo ich mich mit Ramsul und den Jungs treffe. Das ist mein echtes Zuhause. Hier beten wir gemeinsam. Das ist ein unbeschreibliches Gefühl, zusammen zu beten. Wenn wir alle gleichzeitig zusammen knien, als ob wir einen gemeinsamen Körper haben, wenn wir alle, wie aus einem Mund, die gleichen heiligen Zeilen wiederholen. Ich habe das Gefühl, dass ich mich auflöse. Es gibt nur noch das Wir, nicht mehr mein Ich.

Nach dem Gebet und gemeinsamen Essen gehen wir immer unterschiedlichen Dingen nach, mal lernen, mal kämpfen wir, mal gehen wir schwimmen. Ramsul sagt, dass wir körperlich fit sein müssen und immer für den Kampf bereit. Es gibt noch viele Ungläubige, die gegen unseren Glauben sind und wir müssen bereit sein, ihn zu verteidigen.

18. 11. 2010

Ramsul ist so alt wie mein Vater oder sogar älter. Sieht aber ganz anders aus. Er schreit nie, sagt alles ruhig und fast leise. Du versuchst sofort, still zu sein und ihm zuzuhören. Ich habe das Gefühl, dass er immer etwas Wichtiges sagt. Selbst wenn er über ganz normale Sachen redet, wie das Essen oder den Schlaf. Ich habe Ramsul vorher nie in unserer Stadt gesehen. Klar, das ist für ihn eben ein anderes Viertel und eine andere Moschee.

Ich weiß auch nicht, womit Abdul und ich hier besonders helfen sollen. Alles ist so super sauber und ordentlich. Ramsul ist selbst auch sehr ordentlich. Er ist sportlich angezogen und hat keinen Bauch, wie mein Vater oder mein Onkel. Ramsul ist nicht sehr groß, hat aber starke Muskeln und wenn er geht, wirkt das, als sei er stets sprungbereit. Er erinnert mich an eine Raubkatze und ich stelle mir vor, dass er auch genauso leise springen kann.

Als Abdul mich Ramsul vorstellte, war ich wie versteinert. Aber Ramsul hat mich sehr gut angenommen. Ich dachte, er wird mir Fragen über den Koran stellen und ich hatte das schon alles vergessen. Aber Ramsul hat mich gar nichts gefragt. Er hat mich angelächelt und meine Hand gedrückt. Stark.

16. 06. 2010

„… und was machst du, Mohammed, nach der Schule?"

„Du, Abdul, keine Ahnung. Ich kann bei meinem Onkel im Geschäft anfangen."

„Ich such mir erst mal eine Lehre?"

„Bist du verrückt? War das nicht genug mit den blöden Lehrern? Ich habe kein Bock mehr auf die Schule. Noch drei Jahre …"

„Ich mache das zuerst. Eigentlich will ich reisen. Irgendwohin gehen, wo mir keiner sagt, was ich machen muss …"

„Ja, das wäre cool, Alter. Fürs Reisen muss du aber was haben."

„Ich werde arbeiten und etwas Kohle machen."

„Wo denn? "

„Ich kenne einen Typen, Ramsul. Der hat mir angeboten, bei ihm zu arbeiten."

„Was machst du für ihn? Kisten schleppen? Das kann ich bei meinem Onkel auch."

„Quatsch. Ich muss in der Moschee aushelfen. Er zahlt mir dafür. Er sucht noch einen Helfer, wenn du willst ...?"

„In der Moschee? Nein, danke. Ich gehe lieber bei meinem Onkel faules Obst sortieren."

„Na, dann mach's gut, Alter. Ramsul sagt, dass ich nach einem Jahr genug Geld für die Reise habe ..."

03. 02. 2008

„Na, dann los! Ihr könnt mich rausschmeißen, wenn ihr wollt!" Ich knalle die Tür laut zu. Diese blöden Idioten! Die verstehen überhaupt nichts. Warum muss ich solche Eltern haben? Ich will Gitarre spielen, was ist daran so schlimm? Warum können Michael und Joschua das machen und ich nicht?

Ich renne weg, ich renne weg von zu Hause! Ich kann sie einfach nicht mehr ertragen! Sie verstehen mich nicht. Alles, was ich will, versuchen sie zu ruinieren! Ich habe keine Ruhe. Alle meine Freunde haben ihr eigenes Zimmer und einen Computer. Ich muss mein Zimmer mit drei Geschwistern teilen! Ich kann nichts machen. Ich muss nur das machen, was meine Eltern sagen, weil ich sie respektieren muss. „So steht es im Koran." Und immer diese blöden Belehrungen. Scheiß auf die Regeln! Scheiß auf den Koran! Scheiß auf diese Eltern!

Immer haben sie Angst vor Klatsch und Tratsch. Das jemand etwas Falsches über uns sagt und jemand aus der Gemeinde das sieht …

Diese blöden Traditionen. Ich hasse sie! Warum kehren meine Alten dann nicht zurück? Warum haben sie mich nach Deutschland gebracht? Damit ich hier ihre blöden Traditionen befolge, die keiner außer ein paar verrückten Onkeln und Tanten kennt?!

Nichts darf ich haben. Selbst die beschissene Gitarre ist denen zu teuer. Was machen sie mit dem Geld? Wir bekommen doch Geld von der Stadt und Mama putzt noch die Schule.

Wenn ich länger in der Schule bleiben muss und sie schon mit ihren Eimern und Lappen auftaucht, versuche ich wegzurennen, bevor sie mich sieht. Das ist zum Kotzen. Dieses ewige, dumme, freundliche Lächeln von ihr.

Warum bin ich in diese Familie geboren worden? Ich könnte auch ein Deutscher sein, frei und nicht Moslem. Ich hatte fast immer nur deutsche Freunde. Ich heiße Mohammed, bin aber durch und durch ein deutscher Junge.

03. 10. 2005

In der neuen Schule finde ich es doof. Alte Freunde aus der Grundschule sind jetzt in eine andere Schule gegangen.

Die Neuen in meiner Klasse sind alle komisch. Die Lehrer sind blöd und schreien nur rum. Ich finde die Schule jetzt komplett langweilig. Zuhause sitzen bringt auch nicht viel. Immer muss ich etwas machen.

„Mohammed mach dies, Mohammed mach das." Meine Schwestern müssen nichts machen. „Die sind noch klein". Und dieses Beten. Ich hasse es. Warum müssen wir immer zur Moschee? Die Deutschen gehen ein paar Mal im Jahr zur Kirche, zu Weihnachten und vielleicht noch zu Ostern. Das ist so ätzend, dass wir Moslems sind.

20. 05. 2003

Heute haben wir in der Schule Experimente gemacht. Wenn man Backpulver mit Essig zusammenmischt, kann es zur Explosion kommen. Das soll sehr gefährlich sein, deswegen machen wir das im Unterricht nicht. Wäre aber cool, das auszuprobieren.

Mein Freund aus der Schule heißt Elmar, ein Deutscher. Mein zweiter Freund Mehmed nennt ihn nur Apfel, weil „Elmar" auf Türkisch „Apfel" bedeutet. Ich heiße Mohammed, wie unser Prophet. Elmar nennt uns M und M's, weil er uns beide so ähnlich findet und unsere Vornamen mit „M" anfangen. Ich, Mehmed und Elmar, wollen dieses Experiment unbedingt machen. Wir holen uns das Zeug und basteln eine Rakete. Sie wird dann ganz hoch fliegen. Soo-ooo hoch.

09. 09. 2000

Papa erzählt mir, dass er für mich betet. Ich darf jetzt mit ihm in die Moschee gehen. Da muss ich Schuhe ausziehen und an Allah denken. Ich schaue meistens auf die Füße. Sie sind so interessant, so verschieden. Manche sind breit und groß, andere schmal. Die Zehen sind auch so anders. Einige ganz krumm oder aufeinander gebogen. Ich lenke mich ab und verpasse es zu beten. Ist das schlimm?

20. 07. 1998

Oh, wie schön, wenn ich meine Finger zusammenhalte und durch die Hand zur Sonne schiele, werden sie orange, gold, rot, als ob ich Feuer gefangen hätte.

Anna Rudy
DER ALLERBESTE TAG
IM LEBEN

In meiner sowjetischen Kindheit sollten wir uns jedes Jahr in den Sommerferien von unseren Eltern trennen. Dafür baute man überall in der Sowjetunion Pionierlager (also Kindercamps für junge Pioniere, die wir alle waren), in denen der sowjetische Nachwuchs von morgens bis abends für das glückliche Leben nach dem vollständigen Sieg des Kommunismus trainieren sollte. Wir Kinder wurden dazu früh am Morgen geweckt und versammelten uns zum Flaggenhissen auf dem großen Platz, danach folgten Sportübungen, Schwimmen, Mittagsschlaf und Abenddisco oder Kino.

Im Großen und Ganzen (abgesehen von einigen kummeranfälligen Nieten, die Heimweh hatten und früher abgeholt werden wollten) bot uns so ein Pionierlager eine tolle Gelegenheit, sich im Grünen zu erholen. Alternativ schickten einige Eltern ihre Kinder zu den Großeltern in die Dörfer, wo sie in den – im Vergleich zu den engen Stadtwohnungen – großen Häusern in der freien Natur ihre Zeit verbrachten.

Meine Großeltern lebten freilich nicht in einem großen Haus mitten in der Natur, noch nicht einmal in der Unterkunft einer landwirtschaftlichen Genossenschaft (Kolchose), sondern mit uns zusammen in der gleichen Wohnung und zwar in der Stadt. Mehr noch, ich teilte mit ihnen mein Zimmer.

Ursprünglich hatten in unserer Wohnung nur Oma, Opa und meine Mutter gewohnt. Dann heirateten Mama und Papa, danach kam erst meine Schwester Nelli und elf Jahre später ich. Ich teilte lange Jahre mit meiner Schwester ein Zimmer. Wir Schwestern kamen eher schlecht als recht miteinander aus, weil Nelli ihre Rolle als Ältere zu ernst nahm. Das konnte ich bei ihr nie leiden. Wenn sie anfing, mich zu erziehen: Tu dies, tu das, mach das nicht, mach dies nicht! Es war ja sowieso ätzend, die Jüngste in der Familie zu sein. Jeder fühlte sich verpflichtet, mir etwas zu sagen. Manchmal war Nelli aber lustig und man konnte toll mit ihr spielen – bis sie im letzten Jahr diesen Jan heiratete, einen Lehramtsstudenten aus ihrer Fakultät, der auch noch zu uns zog. Seitdem ist mein Leben richtig unerträglich geworden.

Erstens musste ich wegen diesem Jan aus unserem gemeinsamen Zimmer ins Nachbarzimmer zu Oma und Opa umziehen, die immer laut redeten, weil sie schlecht hörten, und die nachts um die Wette schnarchten, als ob sie Verbrecher damit erschrecken wollten. Zweitens versuchte dieser Jan mir ständig irgendwas vorzuschreiben, erklärte mir lang und breit, was ich nicht ordentlich oder was ich falsch machte.

Auch mein Schwesterherz wurde tausendmal schlimmer als vor ihrer Heirat. Wenn die beiden ihr Lehrerstudium fertig haben, werden sie ziemlich unbeliebte Lehrer. Garantiert.

An einem Punkt hatte ich aber meine Freude zu Hause. Weil Oma und Opa schon in Rente waren, hatten sie wahnsinnig viel Zeit. Und weil Opa immer nach Hause brachte, was er auf dem Markt fand, und Oma zudem sehr gerne kochte, hatte ich jeden Tag nach der Schule ein köstliches Essen auf dem Tisch. Ich konnte den Duft von Omas Pirogen mit Kartoffeln und Kohl schon im Treppenhaus riechen. Ich aß für mein Leben gerne und konnte vertilgen, was mir nur vorgesetzt wurde. Ich war nicht gerade dick, aber schon etwas pummelig und meine Mutter machte sich deshalb Sorgen. Ich sollte deswegen nur zweimal nach der Schule essen, zu Mittag und am Abend. Aber wie konnte ich dem Duft von Omas Pirogen widerstehen? Zunächst aß ich direkt nach der Schule mit Opa zusammen, der gern auf mich wartete, dann mit Nelli und Jan, die nach der Uni kamen. Und manchmal, wenn ich mich zu Mama und Papa gesellte, die nach der Arbeit in der Küche aßen, um Neuigkeiten auszutauschen, ertappte ich mich dabei, dass ich wieder anfing zu essen. War ich denn etwa schuld, dass Oma so lecker kochte?

In Sachen Pionierlager war ich kein Neuling mehr. Bei meiner ersten Fahrt, bei der ich noch sehr klein war, hatte ich zwar noch keine Ahnung und die Reise hatte ganz kläglich mit Weinen und frühem Abholen geendet. Davon erzählte ich aber niemandem. Doch seither war ich schon etliche Male gefahren. Ich konnte mich zu den Veteranen der sowjetischen Kinderlagerbewegung zählen. Zum dritten Mal fuhr ich wieder ins gleiche Lager mit dem romantischen Namen „Möwe".

Zuhause hatte ich mich leichten Herzens von Nelli und Jan verabschiedet. Die beiden würde ich garantiert nicht vermissen. Opa schüttelte ich die Hand, Oma küsste ich auf die weichen Wangen und bekam von ihr heimlich eine in Zeitungspapier eingewickelte leckere Überraschung zugesteckt.

Mama und Papa brachten mich direkt zur Haltestelle, an der unser Reisebus abfuhr. Der Abschied von den Eltern gelang mir nicht so leicht. Ich glaubte zwar nicht, dass meine Eltern zu sehr traurig waren, schließlich hatten sie von Stund an drei Sommermonate kinderfrei und konnten machen, worauf sie Lust hatten (denn Nelli und Jan sind ja keine Kinder mehr). Aber der Abschied ist halt immer so eine traurige Sache. Es ging den anderen Kindern und Eltern genauso. Sie standen eng beieinander und wollten sich nicht wirklich trennen, bis der Busfahrer Wasilij mit seinem tiefen Bass laut schrie: „Sagt Tschüß!, wir fahren los!"

Dann stiegen wir schleunigst in den Bus und unsere Fahrt begann.

Der Bus fuhr fünf lange Stunden und in dieser Zeit war es möglich, alle Kinder im Bus kennenzulernen. Alle Pioniere wurden mit Bussen aus verschiedenen Städten des Landes gebracht und später entsprechend ihrem Alter in Gruppen aufgeteilt. Oft kam es, dass die Busse aus näherliegenden Städten früher ankamen, sodass andere Kinder sich miteinander früher befreundeten, während wir überhaupt noch gar nicht da waren. Das war richtig schlimm. Je später man ankam, desto weniger Chancen blieben, coole Freunde und ein gutes Bett im Mädchenzimmer zu finden.

In unserem Bus saß, neben drei großen Jungs, die mich nicht interessierten, ein Mädchen in meinem Alter. Sie sah sehr freundlich aus und ich steuerte direkt auf sie zu.

„Wie heißt du", fragte ich lächelnd.

„Rita, und du?"

„Jenny. Kann ich neben dir sitzen?"

„Na klar", sagte sie und rutschte zum Fenster.

Ich setzte mich neben Rita. Nach zwei Stunden Fahrt wussten wir schon viele wichtige Dinge voneinander. Rita fuhr zum ersten Mal in ein Pionierlager. Sie hatte auch keine Oma auf dem Dorf. Noch nicht einmal auf der Kolchose. Sie hatte überhaupt keine Omas oder Opas und lebte zusammen mit ihrer Mama und einer kleinen Hündin, Marioritta, in einer kleinen Wohnung in der Stadt. Rita ging in die vierte Klasse, nahm Ballettunterricht und hatte noch keinen festen Freund. Ich hatte auch keinen festen Freund, obwohl ich schon die fünfte Klasse beendet hatte. Ich selbst besuchte eine Malschule, was für die Gelenke bestimmt besser war als Ballett, wie mein Opa immer sagte, und ein Haustier wünschte ich mir sehr.

„In unserer Wohnung mit sieben Menschen, also vierzehn Füßen und tausend unnötigen Sachen, da wird sich kein Tier wohlfühlen", beschwor mich meine Mutter, wann immer ich auf das Thema kam, und ließ mir keine Hoffnung. Ich fragte Rita, wie sie es geschafft hatte, ihre Mutter zu überreden, ihr einen Hund zu kaufen. Rita hob unentschlossen die Schultern.

„Gar nicht. Ich habe sie gar nicht gebeten. Als Papa uns verlassen hat, hat sie einfach Marioritta nach Hause mitgebracht und ich fing an mit ihr zu spielen."

Ich hielt kurz inne. So ganz ohne war es also nicht, mit den Haustieren. Ich überlegte kurz, ob ich meinen Papa gegen einen mir ganz unbekannten Hund eintauschen würde, und entschloss mich, noch etwas damit zu warten.

Rita gefiel mir ganz gut. Sie hatte helle Haare, durch die ihre Kopfhaut schimmerte, und sehr schmale Hände und Füße. Sie erinnerte mich an Schneewittchen, nur halt blond – und zwar an der Stelle, an der es schon im Sarg liegt. Ich hatte jetzt vor kurzem in der Malschule so ein Bild beendet: Mit dem Schneewittchen im Sarg, wie es daliegt, still, schneeweiß, mit geschlossenen Augen und überkreuzten Händen. Ich habe viele Lichtreflexe auf den gläsernen Sarg gemalt, die von den Fackeln ausgehen, die traurige Zwerge in großen Händen halten.

Aber Rita war nicht still, sie war im Gegenteil sehr lustig und unser Fahrer Wasilij hatte uns schon paar Mal ermahnt, dass er uns auseinandersetzen würde, wenn wir nicht aufhörten zu lachen. Wir haben ihm nicht geglaubt, weil er selbst dabei gekichert hat.

Also, mit Rita zu fahren war richtig toll. Ich musste ihr nur noch eine der wichtigsten Prüfungsfragen stellen, bevor ich mich für eine lebenslange Freundschaft entscheiden konnte:

„Rita, wie schläfst du eigentlich ein?"

„Was meinst du?", fragte sie zurück. „Wann ich ins Bett gehe?"

„Nein. Ich meine, ob du sofort einschläfst oder länger wach bleibst?"

„Wieso?"

„Wenn wir abends im Lager ins Bett geschickt werden, dann bleibe ich noch lange wach, bevor ich einschlafe. Bis jetzt hatte ich immer Bettnachbarinnen, die sofort einschliefen. Dann lag ich so allein und hatte Heimweh."

„Keine Sorge", sagte Rita und legte ihre weiße, schmale Hand auf meine. „Ich kann oft auch nicht einschlafen."

„Super!", schrie ich. „Dann wollen wir Freunde sein? Für immer und ewig?"

„Klar", sagte Rita.

Unsere Busfahrt war sehr holperig, als ob wir ständig über mittlere und große Steine fahren würden. Im Bus stank es stark nach Benzin und angebrannten Reifen, aber uns störte nichts. Zusammen mit Rita vernichtete ich meine Essensreserve (und dann auch noch ihre). Am besten waren die von Oma eingesteckten Lutscher am Stiel. Das Zeitungspapier hat sich auf sie abgedruckt, sodass wir die Artikel spiegelverkehrt lesen konnten. Sie schmeckten besonders lecker.

Die fünf Stunden Fahrt dauerten ziemlich lang. Rita und ich waren wahrscheinlich kurz eingepennt, als unser Fahrer Wasilij laut schrie:

„Hallo! Alle aufwachen! Wir sind da."

Mein Glück fand heute kein Ende. Entweder fuhr Wasilij sehr schnell oder andere Fahrer zu langsam, aber unser Bus kam als einer der ersten an. Rita und ich wurden von der Aufnahmekommission der gleichen Altersgruppe zugeteilt und, besser noch, wir durften uns die besten Plätze in unserem Mädchenschlafsaal aussuchen – klar, gleich neben dem Fenster.

Das Lagerleben fing hervorragend an. Als andere Mädchen nach und nach in den Schlafsaal tröpfelten, lernten wir uns schnell kennen und es war sofort klar, mit wem ich zurecht kommen würde und mit wem nicht.

Ich habe da so eine Art Freundschaftskompass im Kopf. Wenn ich jemanden sah, wusste ich sofort, ob das meine Freundin werden würde oder nicht.

Nach dem Mittagessen sammelte sich die frisch gebildete Gruppe vor unserem Gebäude zu einer Vorstellungsrunde. Jeder sollte seinen Namen und die Klasse nennen und seine

Stadt. In unserer Gruppe 5 waren in diesem Jahr fünfzehn Mädchen und dreizehn Jungs aus den unterschiedlichsten Dörfern und Städten. Ich freute mich jetzt gleich noch einmal, weil meine beste Freundin Rita aus meiner Stadt kam. Bestimmt würden wir uns auch nach den Ferientagen treffen können. Was für ein Glück!

Alle Gruppen hatten zwei Erwachsene als Erzieher, einen Lehrer und einen Gruppenleiter, die zumeist Lehramtsstudenten waren. Das war das erste Mal überhaupt, soweit ich mich erinnern konnte, dass ich zwei männliche Erzieher in einer Gruppe hatte. Entweder waren die Geschlechter gemischt oder es waren nur Frauen oder Mädchen in diesem Job. Alle Kinder waren gespannt auf ihre Vorstellung.

Der Lehrer hieß Oleg Igorevich, der Student Roman, kurz Roma. Oleg Igorevich trug eine große Hornbrille, hatte schwarzes, etwas rares Haar und war schon alt, bestimmt 35 Jahre. Er erzählte uns, dass er als Geschichtslehrer in der Schule unterrichtete und zum ersten Mal im Lager arbeitete.

Dann kam Roma zu Wort. Er sah richtig gut aus. Von der Sonne ausgebleichte Haare, ein etwas locker geknöpftes, kariertes Hemd und ein austrainierter Bauch, wie trotz Hemd zu sehen war. Roma war sehr lustig und versprach uns viele Abenteuer während unserer Ferienzeit. Außerdem hatte er eine Gitarre dabei und ich war mir sicher, dass er auch gut singen konnte. Hurra! So ein Gruppenleiter! Alle Mädchen im Lager würden neidisch auf uns sein. Garantiert.

Oleg Igorevich war wieder dran und viel langweiliger als Roma. Er fragte zunächst alle unsere Vornamen und Namen ab und was wir könnten, dann schrieb er etwas in sein dickes Buch. Er erinnerte mich stark an Jan, obwohl er viel älter war. Ich wünschte mir, dass meine Schwester statt diesem Langweiler Jan so einen wie Roma geheiratet hätte, dann wäre mein Leben zu Hause viel leichter auszuhalten, selbst im Oma-Opa-Zimmer.

Oleg Igorevich erzählte, dass im Pionierlager sehr strenge Regeln gelten und wenn jemand dagegen verstoßen sollte, müsste der nach Hause fahren und zwar auf Kosten seiner Eltern. Das hatte ich schon tausend Mal gehört und wartete nur auf das Ende seiner Rede.

Oleg Igorevich hatte uns schon fast zu Tode gelangweilt, da ergriff wieder Roma das Wort. Er sagte, dass es ihm trotz strenger Regeln gelungen war, unseren Lager-Direktor zu überreden, eine Ausnahme zu machen: Wir würden heute Abend, schon bei unserem ersten Kennenlernausflug, ein Lagerfeuer machen.

„Heute?", wunderte sich Oleg Igorevich und wunderten wir Kinder uns – natürlich auf etwas unterschiedliche Weise. Wir jubelten, schrien und sprangen. Oleg Igorevich starrte mit offenem Mund Roma an.

„Wie haben Sie das geschafft?", fragte er schließlich.

„Das haben wir noch unterwegs beschlossen", sagte Roma und warf seine sonnenbleichen Haare mit einer so trotzigen Geste nach hinten, dass er bei allen Kindern gleich noch beliebter wurde. Das stand mal fest: Wir hatten den coolsten Gruppenleiter überhaupt. So cool, dass er sogar unserem Lehrer etwas zu sagen hatte.

Roma wählte einige Jungs aus, die ihm sofort helfen sollten, das Lagerfeuer vorzubereiten, und verschwand mit ihnen im Wald. Wir anderen wählten unter den strengen Augen von Oleg Igorevich den Gruppensprecher, die Ordnungsaufsicht und alle üblichen Posten, die am Beginn eines ordentlichen, sowjetischen Ferienlagers eben zu verteilen waren.

Ich wurde, wie schon in den Jahren zuvor, als Malerin für das Gruppenplakat ausgesucht. Das war immer so. Denn sobald ich bei der Vorstellungsrunde erwähnte, dass ich die Malschule besuchte, bekam ich diesen Posten aufgedrückt. Na, ja. Was soll's? Jemand muss doch schöne Plakate für unsere Gruppe gestalten. Danach wollte Oleg Igorevich mit uns den Gruppennamen aussuchen, was natürlich sehr wichtig war. Aber einige Kinder sagten, dass es besser wäre, wenn Roma auch dabei wäre. Daher beendeten wir unsere Sitzung.

Zum Abendessen rumpelten Roma und die Jungs aus dem Wald herbei. Als die etwas abgekämpften Jungs einmal kräftig durchgeatmet hatten, gingen wir gemeinsam als Gruppe 5 (erst mal ohne Namen) in den Speisesaal. Wir trafen dort alle anderen, bereits wartenden Kindergruppen, jede an einem langen Tisch. Zehn Tische insgesamt. Vorne am Tisch saßen die Lehrer und die Gruppenleiter. Es war so, wie ich das auch von früher kannte: also Lehrerinnen und

Studentinnen. Ab und zu war auch unter ihnen ein Mann zu sehen, aber keiner glich unserem Roma, nicht im Geringsten. Das erfüllte uns mit neuem Stolz und Energie.

„Wie heißt ihr denn?", fragte mich ein Mädchen mit dünnen Zöpfen vom Nachbartisch, wo die Gruppe 4 saß. Ich schaute mich um und sah, dass jede Gruppe schon eine Tafel mit dem eigenen Gruppennamen auf den Tisch aufgestellt hatte.

„Wir haben uns noch keinen Namen ausgesucht", antwortete ich ihr. Sie lachte laut, stubste ihre Nachbarin, ein Mädchen mit roten Wangen, an und zeigte auf uns. „Die Gruppe 5 hat keinen Namen", schrie sie laut und die ganze Gruppe 4 lachte so laut, als ob sie einen guten Witz gehört hätte.

„Wie heißt ihr denn?", fragte Rita, die noch nicht wusste, dass man in den Wochen und Wochen im Lager ständig im Konkurrenzkampf mit den benachbarten Gruppen stand.

„Wir heißen ‚Iskra', der ‚Funke'. Wie die Zeitung, die Lenin herausgab", sagte die Rote-Wangen-Göre.

Das war ein cooler Name. Da gab's ja nichts zu streiten. Einen besseren Namen konnte man sich als Gruppe nicht wünschen.

„Und wir werden uns den Namen heute beim Lagerfeuer aussuchen", sagte Rita und ich staunte. Wer erzählte denn schon der Konkurrenz so ein dickes Geheimnis? Ich musste ihr noch viel über das Lagerleben beibringen.

„Was für ein Quatsch", sagte wieder das Dünne-Zopf-

Mädchen: „Das große Lagerfeuer wird es erst morgen bei der feierlichen Lager-Eröffnung geben."

„Rita, schweig", zischte ich durch geschlossene Zähne, aber meine frischgebackene Freundin war nicht zu stoppen.

„Wir machen heute Abend einen Gruppenausflug mit Lagerfeuer", sagte sie freudig und schaute in die langgezogenen Gesichter von Dünn-Zopf und Rot-Wange.

Dann wurde „Abmarsch" für unsere Gruppe geschrien. Wir gingen zurück zu unseren Schlafsälen und bereiteten alle wichtigen Sachen für den heutigen Ausflug vor. Oleg Igorevich sagte uns, dass wir feste Schuhe und warme Kleidung anziehen müssten.

Bald stand eine „Dreifach-Eau-de-Cologne"-Wolke über unserem Gebäude. Diese berühmte Flüssigkeit sollte die Mücken abschrecken. Ich war fest davon überzeugt, dass sie wirkte, denn mich schreckte dieser Duft immer ab, wenn mein Papa nach dem Rasieren den furchtbaren Gestank durch unsere Wohnung trug.

Bei Einbruch der Dunkelheit waren wir bereit loszugehen. Wir hatten uns paarweise aufgestellt, vorne Roma mit seiner Gitarre und hinten Oleg Igorevich mit saurer Miene – er war der Einzige aus unserer Gruppe, der sich nicht auf den Ausflug freute.

Wir verließen das Lager und kamen in den Wald. Hier war es wesentlich dunkler und man konnte fast gar nichts mehr sehen. Roma leuchtete vorne mit der Taschenlampe und Oleg Igorevich hinten. Rita und ich schritten so ziemlich in der Mitte der Gruppe und der Lichtstrahl erreichte uns kaum. Ritas schmale Hand zitterte vor Aufregung leicht in meiner feuchten. Das war unheimlich für uns Stadtkinder, nachts im Wald zu landen.

Wir atmeten vorsichtig und orientierten uns an den Jungs, die einen Schritt vor uns gingen. Als wir an einer Lichtung ankamen, freuten sich alle, aber besonders Oleg Igorevich.

Wir setzten uns auf Baumstämme, die wohl schon vor einer Weile gefällt worden waren, oder direkt auf den Boden um das von Roma und den Jungs vorbereitete Lagerfeuer. Der Holzhaufen bestand aus einigen dicken und vielen kleinen Ästen und stand wie eine Pyramide in der Mitte der Lichtung. Roma trat heran und begann mit dem Anzünden. Oleg Igorevich ging mit seiner Taschenlampe um die Lichtung herum und zählte die Kinder. Als die ersten Flammen anfingen, an den Ästen zu lecken, schrien wir vor Freude.

Roma entfernte sich vom Feuer und setzte sich auch auf einen Baumstamm. Das Feuer knisterte erst ganz langsam, zeigte seine Zungen. Erst leckte es an einer Seite, dann an der anderen. Ich konnte mir kaum vorstellen, wie diese zarte Flamme die mächtigen, alten Baumklötze jemals fressen sollte. Aber das Feuer wusste, wie es geht. Mit einem lauten Krach befreite sich plötzlich ein Drache aus der Mitte des Lagerfeuers und sprang mit Wucht und in Funken nach oben.

Wir schrien kurz auf und machten einige Schritte zurück.

Roma blieb auf seinem Stamm sitzen. Er sah wie ein alter Krieger aus oder wie ein griechischer Gott. Papa hatte mir viel über griechische Götter erzählt. Dass sie wie Menschen waren, nur mächtiger. Und Roma sah so aus, wie ein Gott. Er saß, ohne sich zu rühren, sehr nah am Feuer und schaute unentwegt hinein, als ob er dort etwas Wichtiges sehen könnte, viel mehr als glühende Äste und zitternde Flammen. Sein Gesicht wurde vom Feuer beleuchtet und die tanzenden rotgelben Farben verwandelten ihn in eine Figur aus Bronze, wie ich sie mit meiner Malgruppe bei einem Ausflug ins Museum gesehen hatte.

Als wir merkten, wie still Roma dasaß, beruhigten wir uns und nahmen wieder Platz auf den Baustämmen rund ums Feuer. Wir saßen da und schauten genauso fasziniert wie Roma ins Feuer, das mit seinen gierigen Flammen schon längst die dicksten Äste verdaut hatte. Roma stand auf und legte neues Futter hinein. Dieses Feuer bekam man nicht satt.

Irgendwann griff Roma zur Gitarre und fing an zu singen. Er sang viele unbekannte Lieder, deren Texte keiner von uns wusste. Sie waren nicht so brav wie die Lieder, die wir im Lager brüllten, und auch nicht langweilig. In diesen Liedern kamen viele unbekannte Wörter vor, weil sie nicht alle in unserer Sprache waren, aber dennoch waren sie ganz schön.

Ich saß neben meiner neuen Freundin Rita im Wald, schaute durch die tanzenden Flammen auf Roma und dachte, dass ich noch nie so unheimlich glücklich gewesen war. Ich weiß nicht warum, aber ich versprach mir, dass ich mich an den heutigen Tag mein Leben lang erinnern würde. Der heutige Tag war einfach der glücklichste in meinem Leben.

So saßen wir ziemlich lange da, bis die letzten Äste in schwarze, krümelige Fetzen zerfallen waren und Oleg Igorevich sagte, dass es Zeit wäre, zurückzukehren.

Wie wir durch die Dunkelheit zurückkamen, weiß ich nicht mehr ganz genau. Es war stockfinster und wieder hielten Rita und ich uns an feucht-zittrigen Händen zusammen. Als wir ankamen, fielen wir ins Bett wie die Säcke und schliefen sofort, ohne einander nur ein einziges Wort zu sagen.

Der Morgen begann mit lautem Schreien, das uns weckte, und ich spürte sofort, dass heute nicht mehr der glücklichste Tag meines Lebens sein würde. Wir schauten durch die Fenster und sahen, dass der kleine, dicke Lager-Direktor vor Roma und Oleg Igorevich stand und so laut schrie, dass wir uns noch hinter den Holzwänden unseres Gebäudes die Ohren zuhalten mussten.

„Was hast du gewagt?", schrie er donnernd auf Roma ein. „Ich frage dich! Du bist hier nicht zu Hause! Das sind Kinder! Die hätten verlorengehen können, die hätten sich verbrennen können! Und wo bist du gewesen, Oleg Igorevich? Von dir habe ich das überhaupt nicht erwartet!"

Oleg Igorevich war, wie wir beim Spinksen durchs Fenster sahen, schon sichtlich zusammengeschrumpft.

Aber der Lager-Direktor war noch nicht fertig mit ihm: „Eine Regelverletzung! Und wann? Direkt am ersten Tag! Wie soll das denn weitergehen, frage ich dich?"

Oleg Igorevich schluchzte etwas mit seiner leisen Stimme, aber der Direktor übertönte ihn:

„Ich werde euch feuern! Alle beide! Von wegen drei Monate sattessen und ruhig schlafen! Du wirst im Feld drei Monate ackern, mit dem Arsch nach oben!", schrie er weiter Roma an, der ruhig vor ihm stand und nur gelegentlich mit seiner trotziger Geste die hellen Haare nach hinten warf.

„Michail Petrovich", nutzte Oleg Igorevich eine Atempause des Direktors, „Roma sagte mir, dass er mit Ihnen alles abgesprochen hätte. Das mit dem Feuer und der Nachtwanderung. Deswegen habe ich mitgemacht. Aber ich war von Anfang an sehr skeptisch gegenüber dieser Idee. Da sind doch kleine Kinder ..."

„Wann hast du das mit mir besprochen?", brauste der Direktor auf wie eine schwere Dampflokomotive. „Ich hätte das nie erlaubt! Das weißt du doch."

Roma blieb genauso unbeirrt stehen. Und schwieg.

Der Direktor spuckte ihm laut vor die Füße, drehte sich um und ging. Roma drehte sich um und ging in die andere Richtung.

„Michail Petrovich", schrie Oleg Igorevich und eilte hinter dem Direktor her.

Als alle weg waren, sanken wir wieder auf unsere Betten.

„Er wird sie jetzt rausschmeißen. Garantiert", sagte ich zu

Rita, und bedauerte schon, dass ich die ganze Portion Glück am gestrigen Tag verbraucht hatte.

„Ja, ich denke auch", sagte Rita nachdenklich. „Aber trotzdem, gestern, das war der allerbeste Tag in meinem Leben."

Ingmar Ackermann
SCHWITZHÜTTE

Bis heute weiß ich nicht, ob es am Stand der Sterne lag oder daran, dass ich nichts Besseres vorhatte. Jedenfalls nahm ich die Einladung des Schamanen an, auch wenn mich das meilenweit aus meiner Komfortzone führte. Jetzt gab es keinen Ausweg mehr, ich musste in die Schwitzhütte.

Natürlich geschah dies in Kalifornien, dem Land, in dem sowieso alles geht. Der Schamane hatte bei allen noch lebenden, indianischen Meistern und obendrein in Harvard studiert. Das Gelände war seit Jahrtausenden ein heiliger Ort der Hoopa-Indianer und die Schwitzhütte schon in Benutzung, als es in ganz Kalifornien noch keinen VW-Bus gab. Selbst an das ökologische Gewissen hatte man gedacht, der Unkostenbeitrag wurde zu 100% zum CO_2-Ausgleich für das verwendete Feuerholz eingesetzt.

Viel Zeit blieb mir nicht, vom Entschluss bis zum Treffpunkt vor der fellbehängten Schwitzkonstruktion vergingen nur wenige Minuten. Immerhin fand ich die Hütte schnell, ich musste nur dem dichten Feuerqualm folgen. Die erste Übung war für den saunageübten Deutschen noch wesentlich einfacher als für die Einheimischen. Selbst den liberalsten unter den Amerikanern fällt es schwer, sich vor allen anderen auszuziehen, splitterfasernackt! Sobald diese Hürde überwunden war, marschierten wir dreimal links um das Feuer, schmierten uns dabei Asche auf die Haut, und dann im Gänsemarsch in die Fellhütte.

Doch ohne es zu merken, hatte ich bereits hier einen folgenschweren Fehler begangen. Höflich stellte ich mich am Ende der Prozessionsschlange an, mit der Konsequenz, dass ich im Zelt in der ersten Reihe unterhalb des Feuers zum Sitzen kam. Die erste Reihe sollte mir erst später zum Problem werden, der abschüssige Sitzplatz war es sofort. Das teilten mir meine Muskeln nachhaltig mit, sobald ich es mir im Schneidersitz unbequem gemacht hatte.

Dem Novizen der Schneidersitzhaltung wird geraten, den Hintern auf ein Kissen zu platzieren, das macht die Sache sehr viel einfacher und weniger schmerzhaft. Den Hintern so wie mich – gezwungenermaßen – hangabwärts zu positionieren, hat genau den gleichen Effekt, nur umgekehrt. Insbesondere, wenn die Zeremonie sich anschickt, länger zu dauern als in meiner Kindheit die Gottesdienste zur Osternacht.

Nun ist schreiender Muskelschmerz in der Hüfte, den Gelenken und im Rücken die eine Sache – mit etwas Übung lässt sich das noch wegatmen. Doch jetzt kam die erste Reihe ins Spiel. Denn zum Atmen braucht es Sauerstoff, und der wurde direkt vor dem Feuer von Minute zu Minute knapper. Jedes Mal, wenn der Feuermeister neue glühende Steine in die Zeltmitte warf, nutzte der Schamane die Glut, um Kräuter zu entzünden. Die hatte er in der hinteren Ecke einer lange nicht mehr ausgeräumten Sporttasche gesammelt, zumindest erzeugten sie diesen Geruch. Schnappatmung war die unweigerliche Folge, natürlich genau das Gegenteil von dem, was meine schreienden Muskeln brauchten.

In diese Notlage hinein wurde ich dann aufgefordert, zwischen den schamanistischen Geheimformeln und rituellen Geisterbeschwörungen, der Gruppe ein spirituelles Lied meiner Heimat zu schenken. Zu diesem Zeitpunkt wäre ich bereit gewesen, alles zu verschenken, was ich besitze, nur um das Zelt verlassen zu können; aber an Gesang war nicht zu denken. Dennoch habe ich versucht, „Die Moorsoldaten" zu intonieren. Das sauerstoffarme Gestammel, zusammen mit den rhythmischen Zuckungen meines Oberkörpers, die sich nun als Folge der Muskelkrämpfe einstellten, überzeugte auch den Letzten im Zelt davon, dass nun alle Geister der Hoopa in mir wohnten.

Das wiederum war mein Verderben, denn jetzt konnte der Schamane meinem Wunsch, das Zelt verlassen zu dürfen, erst recht nicht nachgeben, da ja alle Geister unweigerlich mit mir gehen würden. Irgendwann war mir aber auch das egal, sollten die Götter der Hoopa mich doch verfolgen. So groß war das Reservat und damit ihr Hoheitsgebiet nun auch wieder nicht. Und auch wenn die Götter, welche im Rest der

USA verehrt werden, mir keineswegs sympathischer sind, zumindest hatten sie noch keinen Versuch unternommen, mich in unnatürlicher Körperhaltung zu ersticken.

Auf allen vieren flüchtete ich aus dem Zelt, am Schamanen vorbei, dem ich die gerade geworfenen Knochen so durcheinander wirbelte, dass der Weltuntergang nun unvermeidlich war. Der einzige Vorteil an meiner kriechenden Haltung: Ich musste mich, am Wasserschlauch angekommen, nicht bücken.

Hinterher sprach mich der Schamane versöhnend an, nun doch wieder ganz höflicher Amerikaner:

„Du, ich habe alles gesehen. Und ich finde es ganz, ganz toll, wie dich die Geister in der Schwitzhütte zu deinem Ursprung geführt haben. Du warst wieder ganz echt! Der, der du ursprünglich einmal gewesen bist, als kleines Kind. Erst als du klares Wasser getrunken hattest, konntest du wieder aufrecht gehen."

„Stimmt", antwortete ich, „das war auch für mich eine ganz besondere Erfahrung, etwas vollkommen Neues. Normalerweise ist es genau umgekehrt: erst wenn ich richtig viel getrunken habe, verschwindet er, der aufrechte Gang."

Oliver Kreuz
DIE FEUERPHILOSOPHEN

Wie bei allen Treffen sahen wir mal wieder ins Feuer und es schien, als ob die Flammen uns zu Ehren Ballett tanzten. Und tatsächlich: wie die Sehnen einer Balletttänzerin, die zum Sprung ansetzt, waren wir vom Scheitel bis zur Sohle gespannt. Auch wir würden heute Nacht springen. Ein Sprung ins Ungewisse war genau das, was wir wollten, und die Landung war völlig offen.

Wir, das sind die Feuerphilosophen: Kant alias Max, Platon (Bernhard), Jaspers (Peter), Kierkegaard (Timo) und Don Carlos (ich), der Einzige, dessen Spitzname nicht an einen Philosophen angelehnt war, sondern an Carlos Castaneda, den Chefethnologen der Hippies. Ich konnte mich einfach nicht zurückhalten, irgendwelchen Esokram in unsere philosophischen Diskussionen einfließen zu lassen.

Und heute Nacht war meine Nacht. Die Nacht des Ayahuasca. (Das bedeutet auf Quechua „Liane der Geister", benannt nach dem Hauptbestandteil des Pflanzensuds.)

Vorausgegangen war dem Ganzen eine Diskussion zwischen mir und Jaspers, in der er darauf beharrte, dass die Subjekt-Objekt-Kluft unüberwindbar sei.

Schon über ein Jahr hatte ich mich nun mit der Idee getragen, einen Ayahuasca-Trip zu wagen. Vor einem halben Jahr hatte ich dann ernsthaft damit begonnen, die Zutaten für das Gebräu zusammenzustellen. Dank dem Darknet war das zwar immer noch keine Kleinigkeit, aber machbar. Natürlich auch höchst illegal, was den Spaß daran noch steigerte.

Zur Einnahme von Ayahuasca gehört selbstverständlich ein Zeremoniell, das ein Schamane leitet. Da Schamanen im Ruhrpott rar gesät sind, übernahm ich diese Rolle. Ich beschloss, das eigentliche Zeremoniell etwas abzuwandeln bzw. moderner zu gestalten. Als zentrales Element hatten wir das Feuer, dessen Magie sich von ganz alleine entfachen würde.

Im Schamanismus ist die Sonne stellvertretend für das Feuerelement. Die Sonne gibt uns Wärme, Kraft und Lebensfreude. Durch die Wärme entsteht Bewegung, Aktivität und Transformation. Nicht selten sind schamanische Rituale deshalb an Feuerzeremonien geknüpft.

Statt Pfauenfedern, Räucherwerk und besonderen Ölen sowie anderem heiligen Krimskrams sollte jeder einen Lieblingsgegenstand mitbringen. Ich hatte einen kleinen Steinaltar errichtet, auf dem die Jungs ihre Habseligkeiten ablegten. Platon brachte seinen Computer mit, was für allgemeines Gelächter sorgte. Weiterhin lagen dort ein paar

Turnschuhe, ein Stoffteddybär, ein gerahmtes Foto von Che Guevara und eine Haschischpfeife. Humor konnte man den Jungs jedenfalls nicht absprechen. Wie, um das zu unterstreichen, setzte ich mit aller Selbstverständlichkeit eine Narrenkappe auf, die mir an Karneval irgendwie in die Hände gefallen war und den schamanischen Kopfschmuck ersetzen sollte.

Bei den Shipibo-Indios in Peru werden üblicherweise drei Gesänge abgehalten. Ich ersetzte diese Gesänge durch mein Lieblingsmixtape und einen Ghettoblaster. Ich glaubte nicht, dass die Naturgeister etwas gegen Rockmusik hätten. Zur Eröffnung des Abends spielte ich „Hells Bells", was meine Philosophenclique nicht ganz so witzig fand, aber schließlich nannten wir uns Feuerphilosophen und wollten keine Bibelstunde abhalten. Auch wenn Kierkegaard nun meine geistige Gesundheit anzweifelte, legte ich nach mit „Angel of Death" von Slayer. Ein echter Schamane hätte mich dafür wohl gesteinigt, doch nun folgten sanftere Klänge. Im Hintergrund lief leise „Hurt" in der Johnny-Cash-Version, als ich den anderen erklärte, was sie ungefähr erwartete.

„Zunächst wird die Kotz- und Durchfallphase einsetzen. Wir befinden uns hier mitten im Grünen, sodass ihr euch getrost austoben dürft. Ayahuaska ist das stärkste Halluzinogen, das der liebe Gott erschaffen hat – also schnallt euch an." Diese delikate Information ließ ich erst einmal sacken, bevor ich weiterredete: „In der zweiten Phase werdet ihr höchstwahrscheinlich mit euren Urängsten konfrontiert. Das kann hässlich werden. Kirke wird wie besprochen nüchtern bleiben. Also, wenn ihr nicht mehr klar kommt, dann wendet euch an ihn. Er wird versuchen, euch zu beruhigen."

Ich machte eine Pause und sah von einem zum anderen. In ihren Gesichtern stand von Aufregung bis Zweifel alles geschrieben. Also fuhr ich fort:

„Wenn alles gut verläuft, werdet ihr in der dritten Phase für das ganze Leiden belohnt werden und den Himmel auf Erden erleben. Es kann auch sein, dass ihr länger als erwartet in der Hölle ausharren müsst. So genau weiß ich das alles nicht", sagte ich mit einem schiefen Lächeln. „Will vielleicht noch jemand kneifen?"

Ich holte den Eimer mit dem Göttergebräu, das ich zuvor stundenlang gekocht hatte, und reichte jedem einen Becher. Ich kam mir vor wie Miraculix, als ich die zähe, schwarzbraune Brühe noch einmal durchrührte und dann unsere Becher randvoll mit dem Zaubertrank machte. Getreu Nietzsches Maxime „Lebt gefährlich" hatten wir das zu unserem Trinkspruch gemacht und so stießen wir nun miteinander an, als ob sich in unseren Bechern harmloser Absinth befände. Eine halbe Stunde lang passierte gar nichts und schon wurden die ersten Stimmen laut, die meine schamanischen Qualitäten in Zweifel zogen. Auch ich merkte nichts, obwohl ich mir sicher war, dass mein Shipibo-Rezept stimmte.

Als ob er das unterstreichen wollte, ließ Platon plötzlich einen mächtigen Furz los. Der Kontrast zu „Bridge over troubled water" von meinem Mixtape, das gerade noch alle wohlig eingelullt hatte, war so groß, das wir ausgelassen lachten. Fünf Minuten später furzten alle im Sekundentakt zu „Riders on the storm", wobei ich so lachen musste, dass mir auch gleich das erste Mal das Kotzen kam. Daraufhin schleppte ich mich zum nächsten Busch und kübelte mich mal richtig aus.

Mit zittrigen Knien kehrte ich zum Feuer zurück und starrte wieder in die Flammen, deren Funken dicht über uns wie Sternschnuppen verglühten. Mein Bewusstsein verharrte noch weitgehend im Hier und Jetzt, aber langsam merkte ich eine Veränderung und als ich wieder ins Feuer sah, führten die Flammen längst kein Ballett mehr auf, sondern züngelten in teuflischen Gestalten einen Tanz der Angst.

Die Teufel luden mich ein mitzutanzen, aber ich war völlig erstarrt. Immer tiefer fiel ich in die Furcht hinein und plötzlich war ich wieder drei Jahre alt und stand meinem Onkel gegenüber, der hoch über mir aufragte. Er schrie:

„Sollst du dein Gummibärchen kauen, hä, was habe ich dir gesagt? Sollst du es kauen?" Dann schlug er mir mit seinem Lehmhandschuh mehrfach ins Gesicht.

Einen kurzen Augenblick öffnete mein Bewusstsein wieder einen schmalen Spalt ins Hier und Jetzt. Tränen liefen meine Wangen hinunter und von weit her hörte ich Platons Stimme, die raunte, dass er gerade irgendwo in einer Bar in Las Vegas mit seinem Vater und Johnny Cash über die Versäumnisse seiner Erziehung diskutierte. Platons

Vater schob alles auf seine Mutter und berief sich dabei auf Rousseaus „Emile". Aber ich war viel zu sehr mit mir selbst beschäftigt, denn schließlich war ich immer noch in dieser Angsthöllendimension.

Kierkegaard kam zu mir und fragte mich, ob alles in Ordnung sei, doch als ich ihn ansah, war da plötzlich nur noch ich. Langsam tasteten meine Hände zu diesem merkwürdigen Spiegelbild, das auch noch mit meiner Stimme sprach. Mein Spiegelbild öffnete den Mund, woraufhin kleine, goldene Sterne heraustraten. Es gelang mir, einen davon zu fangen. Dann war ich plötzlich wieder fünf Jahre alt und spielte mit Seifenblasen in unserem Garten. Gedankenlos rannte ich den Blasen hinterher, stolperte und fiel in das Rosenbeet meines Onkels. Die meisten Rosen waren nun hinüber und ich überlegte, wie ich es meinem Onkel erklären könnte, doch der stand schon hinter mir und schrie:

„Junge, es ist mal wieder Zeit für den Handschuh!" Er prügelte mich windelweich und das Schlimmste war, ihm dabei ins Gesicht zu sehen: sabbernd und gierig, die Augen voll perverser Lust, schien ihn dieses Szenario zu befriedigen. Dann schüttelte er mich wie eine Puppe und ich schrie. Die hasserfüllten Augen meines Onkels änderten sich abrupt und ich sah in Kierkes entsetzte Augen. Noch immer schrie ich und meine Schreie mischten sich mit Deep Purples „Child in Time" von meinem Mixtape. Ich konnte die Musik sehen. Visualisiert erschien sie als schwarz-rote Wolke, in die sich der rote Rauch mischte, der aus meinem Mund kam.

In einem Moment absoluter Klarheit (oder das was ich dafür hielt) beobachtete ich, dass Kierke alle Hände voll damit zu tun hatte, auch die anderen zu beruhigen. Kant war davon überzeugt, unverwundbar zu sein, und setzte immer wieder dazu an, durch das Feuer zu laufen, doch Kierke stemmte sich mit aller Kraft gegen ihn. Natürlich glaubte ich Kant und stammelte immer wieder:

„Lass ihn doch gehen ... gehen lassen ... lass ihn gehen ... lass gehen", woraufhin Kierke mich anfauchte, ich solle gefälligst das Maul halten.

Laid Back sangen nun: „... the night train is coming, ..."

Ich setzte mich in den Zug und ließ mich treiben. Ich schaute aus dem Fenster und sang leise mit, während verschiedene Stationen meines Lebens an mir vorbeizogen.

„You've got to cool down, relax, take it easy, slow down ..."

Fast chronologisch machte ich eine Reise von meinem dreißigsten Lebensjahr in die Kindheit. Ich war noch nie im Leben so cool gewesen wie auf dieser Reise und gleichzeitig erfüllte mich dieses warme Gefühl.

Dann hielt der Zug. Verwundert blickte ich mich um und da sah ich es: mich selbst im Mutterleib – und ich weinte vor Glück.

Ich war ich und doch nicht ich.

Ich war meine Mutter und doch nicht meine Mutter.

Ich war Gott.

Alles war Gott.

Wir alle waren Gott.

Irgendetwas klopfte, aber ich fühlte mich viel zu wohl in meiner Euphorieblase, um dem weiter Beachtung zu schenken.

Es klopfte wieder, diesmal lauter. Musik quoll in meine Blase und ich vernahm „Is there anybody out there" von Pink Floyd.

Dann klopfte es wieder, noch lauter, und ich wurde in meiner Blase hin und hergeschüttelt. Eine Stimme sagte irgendetwas in Super-Slow-Motion: „Poooliieeezeiiiiii."

Aber es war kein Polizist, der mich schüttelte, sondern nur ein völlig panisch wirkender Kierkegaard. Und nochmal schrie er mich an: „Ich rufe die Polizei!"

„Was ist denn los?", fragte ich ihn, immer noch völlig entspannt und glückselig, denn mein Körper hatte das Feuerwerk an Endorphinen noch immer nicht völlig abgebrannt.

„Jaspers hält sich für einen Krieger und ist losgezogen, um Beute zu machen, wie er es ausdrückte. Carlos, Mensch, er hat ein Messer! Er hat sich den Daumen aufgeschnitten und sein ganzes Gesicht mit Blut bemalt."

Eigentlich wollte ich nur schlafen, doch Kierkes alarmierender Tonfall ließ mich aufhorchen. Ich schaute Kierke lange an und sagte:

„Ja, Jaspers – ein Krieger – das könnte sein."

Daraufhin flippte Kierke völlig aus.

„Verdammt nochmal, wenn du noch einen Rest gesunden Menschenverstand hast, dann steh auf und hilf mir ihn zu suchen!"

Das Aufstehen war nicht leicht und gehen fiel mir noch schwerer. Ich schaute mich um und sah die bereits friedlich schlafenden Kant und Platon.

„Is' doch alles easy", murmelte ich vor mich hin, woraufhin Kierke hysterisch lachte.

„Dann schau dich mal um: Platon hat eben seinen Computer kurz und klein geschlagen, Kant hat in meine Schuhe gepisst und Jaspers hält sich für Conan, den Barbaren!"

Schwerfällig folgte ich Kierke. Ich hatte den Eindruck, als müsste ich das Gehen erst wieder richtig lernen. Wir bogen in einen Waldweg und fingen an, nach Jaspers zu rufen. Immer tiefer gingen wir in den Wald hinein und riefen, aber von Jaspers fehlte jede Spur. Dann hörten wir ein Heulen, wie von einem Wolf. Ich wusste, dass es neuerdings Wölfe im Ruhrgebiet gab, aber jetzt damit konfrontiert zu sein, bereitete mir doch ein mulmiges Gefühl. Das Heulen kam immer näher und Kierke sah mich besorgt an, denn nun waren es mindestens zwei Wölfe, deren Geheul sich in der Nacht erhob.

Glücklicherweise hatten wir eine sternenklare Vollmondnacht und konnten ein paar Meter weit sehen. Doch was wir kurz darauf erblickten, war so absurd und skurril, dass wir unseren Augen nicht trauten.

Auf einer kleinen Lichtung stand ein Hochsitz. Darauf erkannten wir den nackten Jaspers, wie er einen Wolf anheulte, der etwa zehn Meter vor dem Hochsitz hockte und ebenfalls laut jaulte. Zunächst dachte ich, das Ayahuasca spielte mir einen Streich, doch da stand der ebenso staunende Kierke, nur eine Hand breit von mir entfernt.

Wölfe galten als scheue Tiere und deshalb machte ich mir zunächst keine Sorgen, aber als dann plötzlich ein zweiter und ein dritter Wolf auftauchten, zitterten meine ohnehin schon weichen Knie. Das Einzige, das mir einfiel, war, mich ebenfalls hinzuhocken und mitzuheulen. Kierke tat es mir gleich und dann kam auch Jaspers von seinem Hochsitz herunter. Er hockte sich neben uns und nun stimmten auch die anderen beiden Wölfe in das Geheul ein.

So endete unser Trip. Drei Menschen und drei Wölfe, die gemeinsam in die Nacht heulten. Und es war, als träumten wir alle den gleichen Traum. Wir waren angekommen am Herz aller Dinge und der Geist des Waldes hatte uns empfangen.

Nina Weber
DIE BRENNNESSEL

Mein Freund, Florin, ist ein Pflanzenliebhaber, aber Brennnesseln essen?

So sitzt er da, vor seinem grünen Getränk und guckt missmutig.

„Wo sind die Nadeln?", fragt er mürrisch.

Ich versichere ihm, dass ich mit dem Nudelholz alle Brennhaare plattgewalzt habe und der Mixer noch sein Übriges dazu getan hat.

„Das Getränk ist grün", maunzt er.

Mit Apfel und Banane gebe ich dem Smoothie Süße. Ich erkläre meinem Freund, was alles Tolles in der Brennnessel steckt.

„Dein Blut wird wieder frisch durch den hohen Eisengehalt und deine Knochen stark durch die Mineralstoffe Kieselsäure und Kalzium. Das Kalium spült deinen Körper durch und Magnesium ist ein Anti-Stress-Mineral. Du wirst wieder Bäume ausreißen können."

Ich stupse das Glas ein Stück in seine Richtung. Zaghaft nimmt er einen Schluck. „Mmmhh, schmeckt ganz gut", schmatzt er und fragt: „Eine Suppe, meinst du, können wir aus Brennnesseln kochen? Du kannst dafür sammeln gehen. Ich würde sie probieren." Etwas in meinem Blick lässt ihn hinzufügen: „Ich komme natürlich mit."

Voll innerem Frohlocken zupfe ich Handschuhe aus der Box und gebe sie ihm.

„Als Anfänger benutzt du sie besser und eine Schere."

Im Garten angekommen, gehen wir schnurstracks zu unserer Brennnesselecke.

„Wir sammeln die oberen Triebspitzen, die sind am leckersten und zart."

Unser Körbchen wird schnell voll und mehrmals fülle ich das Sammelgut locker in eine größere Tüte. Brennnesseln fallen beim Kochen zusammen wie Spinat.

„Krempel mal dein Hosenbein hoch", sage ich zu Florin und halte ein paar Brennnesselstängel in der Hand. Er tut, was ich sage.

„Was macht denn dein schlimmes Knie?"

„Oh je, es tut weh. Ich muss mal zum Arzt damit", klagt er.

„Wenn man Rheuma hat, kann man den Tee trinken. Es gibt aber noch eine äußerliche Methode: Die Urtikation. Das Nesselpeitschen."

Er zuckt zurück. Humpelnd flüchtet er, sein Hosenbein entkrempelnd. Und ruft: „Komm du mir nach Hause nachher."

Ach du grüne Neune, denke ich, jetzt habe ich ihn verschreckt.

Dabei wollte ich ihm doch noch erzählen, dass die Brennnessel mit ihrem hitzigen Temperament als Pflanze der Kriegsgötter gilt. Sie war dem mächtigen Thor geweiht, der nicht nur Blitz und Donner braute, sondern auch Schutzherr aller rauschbringenden Getränke war. Thor war ein gewaltiger Zecher und hatte einen riesigen Kessel voll Nesselbier. Bier brauen? Das würde meinem Freund sicher gefallen.

Das Klappern eines Schlüssels reißt mich aus meinen Gedanken.

„Hallo", ruft der Nachbar und streckt seine Hand über den niedrigen Zaun. Wir plaudern über das Wetter. Ob ich ihm mal ein Brennnessel-Haartonikum für seine Pläät anbieten sollte? Ich beschließe, ihm lieber etwas von meiner Brennnesseljauche als Dünger für seinen Garten abzugeben. Er freut sich.

Wieder zu Hause erzähle ich meinem Freund sofort von der Idee, mit den Brennnesseln Bier zu brauen und er ist begeistert.

„Und wusstest du, dass Brennnessel-Samen früher in Klöstern verboten waren?"

„Die haben Samen?", fragt er.

„Ja, im Spätsommer bis in den Herbst. Die Samen sind lenz- und liebessteigernd."

„Oh, wirklich? Hast du welche?"

„Komm, erst mal kochen wir das Frühlingssüppchen."

Nina Weber
DIE SEIDENE FRAU

Die Bühne ist schlicht. Weiß lackierter Holzfußboden, eine rote Bank in der Mitte der Bühne. Die Wand dahinter, die Seitenwände und der Himmel sind mit großen roten Papierblüten bestückt.

Ein Paar betritt die Bühne. Schmusend, Händchen haltend. Sie stehen sich gegenüber, lächeln sich an, streicheln sich zärtlich über das Gesicht.

Eine Frau, in weiße seidige Tücher gehüllt, kauert unbemerkt und unbeweglich neben der Bank. Den Kopf auf den Knien fällt ihr langes schwarzes Haar auf den Boden.

Das Paar setzt sich nebeneinander auf die Bank, die Gesichter einander zugewandt. Sie tauschen weiter Zärtlichkeiten aus.

Juan: „Ich habe nachgedacht in dieser Nacht, Carlotta."

Carlotta: „Ja, Liebster, was denn?"

Juan: „Wir kennen uns jetzt bald ein Jahr. Und meine Liebe zu dir wächst von Tag zu Tag. Ich liebe an dir deine Fröhlichkeit und deine Schönheit."

Carlotta: „Ach, Juan. Wir verbringen so viel schöne Zeit miteinander, die kann uns keiner nehmen!"

Juan: „Du weißt ja, ich habe dieses Angebot bekommen, in B. zu arbeiten. Lass uns zusammen dort hingehen. Du hast ja selbst gesagt, dass die Liebe für dich das Wichtigste ist."

Carlotta beugt sich vor und gibt ihm einen Kuss.

Carlotta: „Ja, das stimmt auch."

Sie nehmen sich in die Arme, den Kopf am Hals des anderen, und verharren in dieser Position, während die auf dem Boden kauernde, seidene Frau Carlottas Gedanken spricht.

Seidene Frau: „Oh mein Gott. Er will mich ganz. Wie furchtbar! Auch ich habe nachgedacht. Und: es gibt mehr. Es gibt eine reinere wahre Liebe! Juan ist gut zu mir und ich lieb ihn ja. Deswegen mag ich ihm auch gar nicht sagen, dass ich eine größere Liebe suche."

Carlotta bedeckt sein Gesicht mit Küssen.

Carlotta: „Juan, nimm mich in den Arm und halte mich
              ganz fest. Bitte, ich brauche deine Nähe."

Stimme der seidenen Frau, die Carlottas Gedanken spricht:

              „Mit einem Mal bin ich ganz weit weg. Er ist
              mir so fern wie nie. Wäre es wirklich Liebe,
              dann würde er jetzt merken, dass ich ihm
              entschwunden bin. Ich liebe ihn, aber er ist
              es nicht. Ich will mehr."

Ganz langsam löst sich die seidene Frau aus ihrer kauern-
den Stellung, erhebt sich und beginnt zu tanzen. Das Paar
hält sich fest umarmt. Das Gesicht der Frau ist von weißen
Schleiern verdeckt. Der Tanz ist leicht, erotisch, lockend.

Juan geht an die hintere Wand, um Blumen zu pflücken.
Beschwingt trällert er:

              „... sie liebt mich ... oh, sie liebt mich ... liebt
              sie mich wirklich?"

Indes nimmt Carlotta die tanzende Frau wahr. Sie streckt die
Arme nach ihr aus. Verklärten Blickes folgt sie ihr. Sie will
nach ihr greifen, doch es gelingt ihr nicht. Die Seide fließt
ihr durch die Finger. Ab und zu dreht sie sich nach Juan um,
macht aber dann doch wieder einen Schritt auf die seidene
Frau zu.

Carlotta ruft: „Machst du mich satt? Bist du es? Ja, ich weiß
                 es. Du machst mich satt."

Die seidene Frau antwortet: „Ja, das mache ich. Komm, Carlotta!"

Während Juan weiter trällernd Blumen pflückt, tanzen Carlotta und die seidene Frau.

Die zwei Frauen stehen sich gegenüber. Mit ausgebreiteten Armen wiegen sie sich im Takt der Musik. Nach einer Weile löst sich die seidene Frau von ihrem Platz. Carlotta wiegt sich weiter mit geschlossenen Augen und die seidene Frau bewegt sich um den Körper der anderen herum. Ihre Hände gleiten über Carlottas Leib, jedoch ohne sie zu berühren.

Die Macht dieser Hände formen Carlottas Bewegungen. Die Hände ziehen ihren Oberkörper, der sich nach hinten biegt, und ihre Arme, die sich heben und einen Kreis zum Herzen vollführen. Die Hände lassen ihr Becken kreisen. Dann lassen die Hände sie still stehen. Carlotta lacht befreit und öffnet die Augen.

Eine neue, schnelle Musik setzt ein. Trommelrythmen.

Die Körper stehen hintereinander, bewegen sich schnell, vibrierend, bewegen die Schultern und die Hüften vor und zurück, beugen sich, aufeinander abgestimmt. Die Becken prallen fast aufeinander.

Abrupt endet die Musik.

Carlottas Brust hebt und senkt sich heftig. Sie stehen sich einige Minuten lang gegenüber, sich fast berührend.

Seidene Frau: „Du weinst ja!"

Carlotta nickt.

Carlotta: „Ich bin unendlich traurig."

Seidene Frau: „Wo spürst du die Traurigkeit?"

Carlotta: „Überall in mir ... überall ... oh, ein entsetzlicher Schrei tobt in mir ... was ist das denn?"

Seidene Frau: „Es ist mein Schmerz, den du fühlst."

Carlotta: „Ich verstehe das nicht. Ich habe schon begonnen, dich zu lieben. Unser Tanz! Ich spürte die Leere nicht mehr. Das erste Mal in meinem Leben war ich erfüllt. Mein Geist flog und mein Körper fühlte sich an wie ein Kokon, rund und geschützt. Mir war, als wären unsere Körper in einer Hülle, ineinander geborgen. Ein so altes Vertrautsein. Als ich versuchte, hinter deinen Schleier zu schauen, überschwemmte mich bodenlose Trauer. Ich bin ganz schwach."

Carlotta setzt sich erschöpft auf den Boden.
Die seidene Frau setzt sich ihr gegenüber.

Seidene Frau: „Carlotta!"

Es dauert eine Weile bis sie aufschaut.

Carlotta: „Ja."

Seidene Frau: „Willst du mein Gesicht sehen?"

Carlotta springt auf, stolpert rückwärts.

Carlotta: „Nein ... nein!"

Sie kauert sich in eine Ecke, den Kopf unter ihren Armen begraben. Die seidene Frau sitzt mit hängenden Schultern auf dem Boden und wiegt sich. Carlotta murmelt etwas, wimmert.

Nach einiger Zeit.

Carlotta: „Was ist mit deinem Gesicht?"

Seidene Frau: „Komm näher."

Carlotta: „Nein. Ich bleibe hier. Sag es mir."

Seidene Frau: „Es ist entstellt. Jemand hat vor langer Zeit brennendes Öl darüber gegossen. Es sieht nicht menschlich aus. Der Mund ist kein Mund mehr ... die Nase ... es ... es sieht entsetzlich aus. Wer das sieht, kann mich nicht lieben."

Carlotta erstarrt. Den Kopf erhoben, die Augen weit aufgerissen.

Carlotta: „Oh nein. Du bist schön! Das kann nicht sein. Dein Körper, deine Bewegungen, deine Stimme. Du bist schön."

Die seidene Frau schreit: „Hör auf! Carlotta, du weißt genau, wie es sich anfühlt!"

Carlotta: „Das stimmt nicht. Ich weiß das nicht. Ich will das nicht. Aber du! Es tut mir so leid. Wer hat das getan?"

Carlotta macht Schritte auf die seidene Frau zu, die in Abwehrhaltung mit ausgestreckten Armen steht.

Carlotta: „Ich liebe dich! Lass es mich sehen. Lass es mich anfassen."

Die seidene Frau stolpert rückwärts. Dreht sich um. Läuft davon.

Juan hat alle roten Papierblumen gepflückt und steht erwartungsvoll lächelnd im kahlen Raum. Den Arm voll Blumen drückt er an seine Brust. In hölzernen Bewegungen kommt Carlotta auf ihn zu.

Juan: „Liebste. Was ist mit dir?"

Carlotta setzt sich aufrecht, den Blick starr auf den Boden gerichtet, auf die Bank.

Er will ihr die Blumen geben. Sie reagiert nicht. Juan setzt sich neben sie.

Carlotta: „Der Stein in meiner Brust ist glatt und kalt."

Juan: „Aber gestern. Gestern noch hat mich dein honigwarmer Blick bis auf den Grund meiner Seele gewärmt. Das kann nicht sein! Carlotta. Ich liebe dich! Bleib bei mir! Bitte."

Juan öffnet die Arme. Die Blumen fallen herunter. Er versucht Carlotta zu umarmen. Sie schiebt ihn weg.

Carlotta: „Lass das!"

Juan: „Ich verstehe das nicht. Du zerstörst mich!
              Dieser Schmerz! Was ist mit mir? Ich bin
              falsch. Zu unrecht geboren."

Carlotta: „Nein. Das bist du nicht. Es tut mir leid. Ich
              fühle nichts."

Carlotta will aufstehen. Juan wirft sich auf den Boden, umklammert ihre Beine. Weint. Mit verzerrtem Gesicht fleht er sie an.

Juan: „Wenn du gehst, sterbe ich. Es ist, als würde
              ich entzwei geschlagen. Carlotta! ..."

Sie schüttelt ihn ab.

Carlotta rennt davon. Im hinteren Bühnenbereich entzündet sich ein funkelndes Licht, dem sie in Zeitlupe entgegenstrebt.

Indes rappelt sich Juan auf, nimmt die Leiter und steckt die roten Papierblumen am Himmel fest.

⟨⟨⟩⟩

Norbert Görg

JOSEPH F., DIE GRAZIEN
UND DER WOLF

Herr F. liebt den Frieden. Wie fast jeder. Dass es in der Welt
an vielen Ecken lodert und kracht, ignoriert er genauso be-
harrlich wie die Tumulte in seinem Inneren. Was zur Folge hat,
dass Herr F. mit sich und der Welt zufrieden ist. So gleitet er
durch das Leben hindurch wie ein geschmeidiger Aal durch
ein von Schmutz ergrautes Gewässer.

Bis eines Tages etwas diese Kette von frevelhafter Gemüt-
lichkeit und trüber Belanglosigkeit durchbricht: In seinem
Briefkasten befindet sich ein angesengter Zettel. Joseph F.
(sein vollständiger Name tut hier nichts zur Sache – er
möchte in der Masse unerkannt bleiben wie eine Scholle auf
dem Meeresboden) liest folgende Zeilen in geschwungener
Handschrift:

Wenn du dein Leben so weiterführst, bist du in großer Gefahr.

Joseph schüttelt den Kopf und wirft den Zettel in den
Mülleimer. Aber ein seltsames, ungewohntes Gefühl begleitet
ihn fortan. Wie eine dumpfe Vorahnung. Bisher hatte er

immer Glück gehabt. Er war von Krankheiten verschont geblieben, hatte immer einen passablen Job in einem verwinkelten Büro gehabt, der ihn einigermaßen erfüllte und für einen gewissen, wenn auch keinen üppigen Wohlstand sorgte. Einen Führerschein hat er nicht. Joseph fährt der Umwelt zuliebe mit der Bahn. Von Frauen hält er sich fern. Somit ist auch diese Flamme der Leidenschaft sorgfältig unter Verschluss gehalten: Was man nie kennengelernt hat, vermisst man nicht.

Joseph verhält sich also in seinem Leben genügsam und unauffällig, als würden ihn damit die bösen Mächte des Schicksals übersehen und von ärgeren Schlägen verschonen. Warum soll er sein Leben ändern und damit womöglich das Schicksal herausfordern?

Am nächsten Morgen wacht er mit einem feuerroten Kopf auf; auch sein Innerstes glüht, seine Stirn brennt, die Eingeweide zucken nervös, und das Herz trommelt in stakkatohaftem Entsetzen. Etwas zieht ihn unwiderstehlich an den Briefkasten, aber der ist leer. Die Leere überträgt sich auf seinen Kopf, bläht sich in ihm auf wie ein Luftballon. Er wendet sich dem Alltag zu, der Atem fließt wieder gleichmäßig. Nach einem hastigen Frühstück ruft Joseph seine beste, weil einzige Freundin an: Marie. Marie ist eine Künstlerin, eine Jongleurin im Zirkus des Lebens, eine Fee mit einem Engelsgesicht, die von Liebe und Luft lebt. (An Joseph biss sie sich einst die Zähne aus. Ein kleines Feuer glimmt noch in ihr unter der Asche, aber sie hat ihre

Funktion als platonische Freundin akzeptiert.) Sie schätzt Josephs Schwermut, seinen Hang zur Gleichgültigkeit, die sie lehren, dass man das Leben und selbst die Liebe nicht zu ernst nehmen soll. Als sie seine Unruhe bemerkt, eilt sie sofort zu ihm. Sie lacht über die Botschaft, die Joseph wieder aus dem Mülleimer gekramt hat.

„Ein Scherz. Eine Verrücktheit!" Marie wiehert vor Unterhaltungslust. Endlich mal etwas, das den Mann aus der Ruhe bringt! „Aber schau doch mal in den Briefkasten, vielleicht ist wieder etwas drin." Ihre Augen blitzen erwartungsvoll.

Genauso ist es. Diesmal ist der Zettel nicht angesengt, sondern als Din-A4-Blatt fein säuberlich zusammengefaltet. Er enthält folgende, in Druckbuchstaben geschriebene Zeilen:

Wach endlich auf! Kein Schaf kommt ungeschoren davon.

In Marie entfacht es die gewohnte Heiterkeit, die sie immer dann ausstrahlt, wenn sie unsicher oder verliebt ist. Sie lacht so herzzerreißend, dass Joseph Mühe hat, nicht die Fassung zu verlieren. Er öffnet schwerfällig seinen Gedächtnistresor und kramt nach möglichen Feinden und nach Scherzbolden, die ein übles Spiel mit ihm treiben könnten. Das Ergebnis: wieder diese Luftballonleere.

Marie schnappt sich im Flur ihren roten Mantel und bürstet sich vor dem Spiegel ihre glatten, dunklen, schulterlangen Haare. Wirft sie keck zurück.

„Halt mich auf dem Laufenden", sagt sie glucksend zum Abschied.

Für sie ist es ein Spiel, denkt Joseph. Für mich ist es die Existenz, die auf dem Spiel steht. Er presst sich eine Zitrone aus für seinen grauen Tee, schraubt daran ächzend herum, als könne er damit auch ein wenig Frohsinn aus sich herauspressen. Er steht doch jeden Morgen auf und geht zur Arbeit. Wem ist das nicht genug? Vielleicht steckt nur ein harmloser Scharlatan dahinter. Joseph drängt die Gedanken an diesen ominösen Zettel in die hinterste Ecke seines Gehirns, bis es wieder stubenrein ist. Stolpert erst wieder im Büro darüber: als er seine schmallippige Kollegin sieht. Sie mustert ihn seltsam starr, fast feindselig. Ihre Blicke verfolgen ihn, sie stechen ihn im Rücken, wenn er sich durch den Raum bewegt. Manchmal senkt sie abrupt den Blick, als ob sie sich ertappt fühlt. Joseph beschließt, sie zu beobachten.

Nach Feierabend folgt er ihr heimlich. Sie wird sich verraten, denkt Joseph. Durch ein Treffen mit einer finsteren Gestalt, durch eine unbedachte Tat. Sie hat ihre Brille abgelegt, trägt eine weiße Steppjacke und hochhackige, rote Pumps. Sie streunt durch die Straßen, offenbar ziellos, bleibt vor dem einen oder anderen Schaufenster stehen. Schaut sich ab und an um, als ahne sie, dass sie verfolgt wird. Joseph vergrößert den Abstand. Dann, fast von ihm unbemerkt, verschwindet sie in einem weiß getünchten Haus, schlüpft blitzschnell hinein wie eine Maus in ihr Loch.

〈∫〉

Das nächste Schreiben befindet sich in einem unadressierten, unfrankierten Briefumschlag. Wieder in Druckbuchstaben liest Joseph mit stockendem Atem:

Letzte Warnung: Streife deine Fesseln ab! Verweigerst du diesen Befehl, wird dein Haus in Flammen aufgehen.

Wenn man einzig Josephs Leben bedrohte, würde das in ihm nicht solche Angstdünste ausstoßen wie jetzt. Denn an seinem kleinen Reihenhaus, einem Familienerbstück, hängt er. Die vielen zarten Erinnerungen, die Spuren seiner frühen Kindheit, das Wertvollste, was er sein Eigen nennen kann, die Zeit fern aller trüben Gedanken und Gefahren, hängen in jedem Winkel der Zimmer fest wie anderswo Bilder an den Wänden. So viel anmutige Melancholie steckt in den Räumen, als wäre die Zeit hier stehengeblieben. Hier wohnten seine Ahnen und Urahnen; er atmet täglich ihren geheimnisvollen Duft, ihren schutzgebenden Geist. Das Haus ist sein Bunker, eine Bastion gegen die feindliche Außenwelt. Hier, nur hier, will er eines Tages sterben.

Den Rest des Tages verbringt er mit den Gedanken über seinen Auftrag: Welche Fesseln sind gemeint? Er spürt keine. Außer den üblichen, die jeder in dieser Gesellschaft zu tragen hat. Gut, das beweist nicht, dass da keine weiteren sind, aber er bemerkt sie zumindest nicht, und warum sollte er etwas abstreifen, worunter er nicht leidet?

Joseph erwägt, zur Polizei zu gehen, aber aus vielen Kriminalfilmen weiß er, dass die ihn nicht ernst nehmen würde: Es gibt keine stichhaltigen Anhaltspunkte für ein anstehendes Verbrechen und eine ständige Überwachung seines Hauses wäre zu aufwendig.

Das Haus, das bisher so viel Leichtigkeit und Ruhe erlebt hat, gerät nun in einen bedenklichen Aufruhr. Joseph F. schläft fortan schlecht, in seinen Träumen mischen sich monströse Bilder von wilden Bränden, mal ist es ein ganzes Stadtviertel, das in hohen Flammen steht, mal ist es sein Haus, das er in Schutt und Asche vorfindet. Als er den Fernseher einschaltet, wird von Großflächenbränden in Portugal und Kalifornien berichtet, die schon einige Todesopfer gefordert haben; und jetzt seien hier in dieser Stadt zum wiederholten Male Häuser durch Brandstiftung zerstört worden, deren Insassen bisher zum Glück immer gerettet werden konnten.

Der Verdacht gegen die schmallippige Kollegin erhärtet sich. Zu ihr würde solch eine Forderung und Drohung passen. Joseph meint jetzt ihre schuldhaften Blicke zu bemerken, ihr Ausweichen vor ihm, der sie nun seinerseits mit Blicken zu durchdringen sucht.

Wieder verfolgt er sie nach Feierabend. Wieder hat sie ihre Brille abgelegt und durchquert eine Weile das Stadtviertel, diesmal aber rascher und zielstrebiger. Sie bleibt vor dem gleichen, weiß getünchten Haus stehen, schaut sich nach beiden Seiten um und huscht hinein. Diesmal will Joseph der Sache auf den Grund gehen. Er tritt zu der Haustür und mustert die Namensschilder: Es sind nur Vornamen: Elena, Chantal, Gabi, Veronica. Seltsam. Ihr Name, Susanna, befindet sich nicht darunter. Als Joseph überlegt, was er tun soll, öffnet sich die Tür und Susanna sieht ihn zunächst erschrocken, dann entsetzt an.

„Was machst du ..., was machen Sie hier?"

Dem sonst so bedächtigen Joseph droht die Kontrolle zu entgleiten: „Ich weiß, dass Sie dahinter stecken, ich weiß es genau!"

„Wohinter?"

„Na, hinter der Drohung mit dem Feuer."

„Ich weiß nichts von einem Feuer", entgegnet sie.

Sie lügt, denkt Joseph, die Schlange lügt. Ihre Augen verraten sie, da flackert es wie ein falscher Schein. Er möchte weiter poltern. Sie kommt ihm zuvor: „Komm rein!"

Sie zerrt ihn in den Hausflur. Er ist eng und verlottert, die Farbe rieselt von den Wänden. Joseph empfindet einen unangenehmen Geruch, beißend wie Urin oder Jauche. Eigentlich ist es der Geruch, den er sein Leben lang vermeiden wollte. Und in ihm steigt ein absurder Ekel auf, der völlig im Widerspruch zu dieser Frau steht, deren körperliche Vorzüge jeden anderen Mann liebestoll machen würden. Sie hat sich umgezogen, statt der feinen Bluse trägt sie ein enges T-Shirt, ohne BH. Die Jeanshose ist körperbetont, die Lippen sind rot wie der Mars. Kurz gesagt: Abstoßender geht es nicht. Findet Joseph.

Sie zieht ihn in ein Zimmer, in dem nicht viel steht, ein breites Bett, mehrere kleine Schränke, ein großer Spiegel.

Sie will etwas sagen, aber Joseph kennt nur den Gedanken der Flucht. Er reißt sich los und stürzt auf die Straße. Rennt wie ein gehetztes Tier und kommt erst nach Minuten wieder zur Ruhe. Lehnt sich schnaufend an die Wand und trottet langsam nach Hause. In seinem Gehirn toben Dutzende von wirren Gedanken.

Nach dem Abendessen zieht es Joseph in sein Stammlokal, eine Kneipe um die Ecke. Die Bedienung, ein älterer Mann mit Stirnglatze und gemütlichem Grinsen, wundert sich: „Schnaps?"

„Schnaps", bestätigt Joseph, der sonst nur Bier trinkt. Nach dem dritten Klaren sieht er an einem der Tische eine Frau sitzen, die ihn anlächelt: Marie. Mit neuer Frisur. Erfreut eilt Joseph zu ihr hin, da erkennt er seinen Irrtum: Es ist nicht Marie.

„Entschuldigung", murmelt er und wendet sich ab. Aber die Frau ruft: „Kommen Sie nur, kommen Sie. Ich beiße nicht."

Aber der Wolf vielleicht, denkt Joseph, den er dicht neben ihrem Stuhl hockend, entdeckt. Tatsächlich ein Wolf, kein Hund. Das Fell ist dicht und besteht aus mehreren Farbtönen, schwarz, grau, braun und besonders um die Schnauze herum weiß. Da er Joseph nicht beachtet, nähert sich Joseph der Frau. Sie sieht Marie unglaublich ähnlich, hat die Haare nur ein wenig kürzer, aber lockiger. Die Augen strahlen eine zarte Ungeduld aus, wie die von Marie, wenn sie ihre Tage hat. Über diesen Gedanken lächelt Joseph. Die Frau lächelt zurück. Sie ermuntert Joseph, sich zu ihr zu setzen. Sie sagt erstmal nichts. Sie spinnt Joseph mit ihrem Lächeln ein in einen großen Kokon. Groß und glühend wie die Sonne. Eine Frau, die nicht viel redet, denkt Joseph.

Am nächsten Morgen ruft er Marie an und erzählt ihr von ihrer Doppelgängerin. Den Wolf verschweigt er. Das konnte, das musste Einbildung gewesen sein, ein harmloses Hirngespinst, dem Alkohol geschuldet. Marie ist verwundert, stellt Fragen, die keine Antworten finden: Wie heißt sie, wie alt ist sie, was macht sie beruflich?

„Das muss ja eine besondere Frau sein", sagt Marie. „Sie muss etwas haben, das ich nicht habe." Sie wünscht ihm viel Glück. „Aber pass auf dich auf."

Am Briefkasten holt Joseph wieder die Realität ein. Das Blatt im Umschlag enthält folgende Zeilen:

Gratuliere, du hast die erste Aufgabe bewältigt. Nun kommt die zweite: Entfache das Feuer in dir. Denke an die Bestrafung, wenn du nicht gehorchst. Was du in dir nicht zulässt, wird sich im Außen zeigen.

Joseph versteht kein Wort: Wieso hat er die Aufgabe bestanden? Was soll er im Inneren zulassen? Dahinter kann nur ein Irrer stecken.

Joseph geht zur Polizei.

Es dauert etwas, bis er zu einem zuständigen Beamten vorstößt. Er befindet sich in einem grauen Raum, der seinem Büro ähnelt. Ein Mann in Uniform sitzt auf einem schmalen Drehstuhl am Computer.

Joseph erklärt ihm die Situation, zeigt ihm die Briefe. Der Beamte, ein gedrungener Mann mit rotem Gesicht und einem kleinen weißen Flecken, vielleicht Salbe, an der Oberlippe, liest sie aufmerksam durch. Tippt etwas in den Computer. Sagt:

„Was erwarten Sie von uns?"

„Dass Sie mein Haus überwachen", sagt Joseph.

„Zu wenig Personal, zu aufwendig", sagt der Polizist und wischt sich über den Mund.

⟨⟨⟩⟩

Die Frau wartet wie verabredet in dem Lokal. Neben ihr sitzt Josephs Nachbar Richard und redet auf sie ein. Als sie Joseph sieht, scheucht sie Richard fort wie eine lästige Fliege. Richard nickt Joseph zu, macht eine hilflose Geste und verlässt das Lokal. Richard, dem sonst keine Frau widerstehen kann, denkt Joseph. Und setzt sich. Atmet auf: Der Wolf ist nicht da. Aber auch die Normalität ist nicht da.

Dutzende Fragen hat Joseph auf den Lippen, aber sie versickern in den Mundwinkeln, landen im Bauch. Stattdessen sieht er die Frau an. In ihren Augen schwimmen kleine Sonneninseln. Ihr glänzendes Haar ist frisch geföhnt. Ihr Lachen tönt hell und fröhlich, als Joseph redet. Joseph redet viel. Soviel wie sonst in einer Woche.

„Sie sehen meiner besten Freundin unglaublich ähnlich", sagt er. „Als wären Sie ihre Zwillingsschwester."

„Hat nicht jeder einen Zwilling?", sagt Elvira, die sich inzwischen vorgestellt hat, lächelnd. „Nur wer kennt ihn schon?"

Schließlich erzählt Joseph von den Drohbriefen.

Da wird Elvira zum ersten Mal ernst. Sie reicht ihm eine Visitenkarte: „Kommen Sie mich morgen besuchen? Auf einen Kaffee?"

Die folgende Nacht ist von Alpträumen überschattet. Josephs Haus steht wild in Flammen. Joseph stürzt hinein, um zu retten, was zu retten ist, obwohl es aussichtslos ist, als würde er mit dem Haus untergehen wollen. Für einen Moment sieht er sich selbst brennen – er stürzt hinaus ins Freie und springt in einen Swimming Pool. Aber der ist ausgetrocknet. Der Aufprall ist hart, aber das Feuer ist verschwunden. Vom Schweiß durchnässt wacht Joseph auf. Manchmal ist die Realität schöner als die Träume. Denkt er. Und freut sich auf den Tag.

Susanna hat sich krank gemeldet. Joseph erledigt seine Arbeit fahrig, hektisch und unordentlich. Nach Feierabend fährt er schnurstracks in ein Geschäft und kleidet sich neu ein: Stoffhose, Hemd, Sakko. Er fühlt sich darin wie ein Mann von Welt. Zuhause nimmt er ein Bad und parfümiert sich ein. Kurz, bevor er sich auf den Weg macht, kommt ein Anruf. Die Polizei. Mit der Frage, ob weitere Drohbriefe eingetroffen seien. Und mit der Mitteilung, sie haben eine heiße Spur. Nichts weise darauf hin, dass sein Haus in Gefahr sei. Eine Frau scheine dahinter zu stecken. Sie wissen nicht, ob allein oder mit Hintermännern.

„Sie ist allein", sagt Joseph fröhlich.

„Sie kennen sie?"

„Nein, aber Frauen, die ein Feuer legen, sind immer allein."

Er lacht. Der Mann am Ende der Leitung legt auf.

⟨⟨⟩⟩

Elvira wohnt nur ein paar Straßen entfernt. Joseph stolziert mit großen Schritten und genießt die wärmende Frühlingssonne. Vor der Haustür der fremden Frau beschleicht ihn kurz ein leichtes Unbehagen. Der Summer ertönt und Elvira empfängt ihn mit Küsschen auf die Wangen, wie einen alten Vertrauten.

Sie trägt ein geblümtes Sommerkleid mit viel freiem Nacken. Ihre Wohnung ist hell, groß und in modernem Design gehalten. Besonders auffällig ist der Kronleuchter im Wohnzimmer, der durch seinen dicht gewickelten Chromdraht aussieht wie ein Spiralnebel. Sie trinken in der Küche – die hohen Schränke sind aus Naturholz – einen Kaffee und essen Bienenstich, den Joseph mitgebracht hat.

„Trinken wir auf das Du", sagt Elvira und schenkt Sekt ein.

Wenig später fragt sie: „Interessierst du dich für Kunst? Komm, ich zeige dir etwas."

Sie führt ihn ins Schlafzimmer. Deutet auf ein Gemälde über dem riesigen Wasserbett mit Samtkissen und Samtdecken: „‚Die drei Grazien' ist für mich Raffaels Meisterwerk."

Joseph starrt auf die drei nackten Frauen. Wie natürlich doch Nacktheit sein kann, denkt er. Das muss Freiheit sein:

sich vor einem nahezu fremden Menschen zu entblößen.

Joseph fühlt sich ermutigt und nähert sich Elvira. Hat Lust ihren Nacken zu küssen. Streicht sanft mit der Hand darüber. Sie lässt es ohne Gegenwehr geschehen.

Da sieht Joseph den Wolf. Dessen Blick ist starr auf ihn gerichtet. Joseph meint sogar ein Knurren zu hören. Ihm kommt blitzhaft eine Erkenntnis: „Du bist diejenige, die mir die Drohbriefe geschickt hat!"

Sein Freiheitsgefühl ist mit einem Schlag verpufft. Er zuckt zurück. Elvira zieht ihn ganz nahe zu sich heran, umschlingt ihn mit ihren Armen und setzt ein verführerisches Lächeln auf.

„Unsinn, mein Lieber, du siehst Gespenster." Sie schnurrt die Worte, sanft wie eine Katze. Vor allem sieht Joseph den Wolf.

„Was will der Wolf hier?" Er deutet auf das Tier, das jetzt wütend die Zähne fletscht.

Elvira starrt ins Leere. „Welcher Wolf?"

Joseph eilt aus dem Schlafzimmer und hangelt nach seiner Jacke. „Ich muss nach Hause", ruft er. „Vielleicht brennt mein Haus schon."

⟨ˢ⟩

Das Haus ist unversehrt. Was war das eben?, denkt Joseph. Marie ist telefonisch nicht zu erreichen. Weiter nichts Schlimmes, würde sie sagen, du bist nur wie jeder etwas neurotisch.

Aber ist die Gefahr wirklich irreal? Joseph schüttelt den

Kopf. Er wird allen, allen zeigen, wie real die Gefahr ist! Er nimmt sein Feuerzeug und zündet mit Hilfe einer Zeitung sein Bett an. Es brennt schweflig und schwerfällig. Joseph verlässt das Haus. Läuft wie ferngesteuert zu dem weiß getünchten Haus. Susanna öffnet ihm. Sie trägt einen weißen Bademantel.

„Was ist los?"

„Du kommst nicht mehr zur Arbeit!"

„Na und?"

„Ich … ich", stammelt er, „ich bin in dich verliebt."

Joseph erschrickt: Was hat er da gesagt? Er fühlt sich wie in einem Traum, in dem man plötzlich als einziger auf einer großen Party nackt da steht.

„Komm herein", sagt Susanna.

Er betritt ihr Zimmer. Sie ist allein, der Fernseher läuft. „Setz dich!"

Joseph findet keinen Stuhl, setzt sich auf das Bett. Susanna stellt den Fernseher leise und setzt sich neben ihn.

„Hast du jemandem erzählt, was ich mache?"

„Nein."

„Gut. Sag, was willst du von mir?" Sie sieht ihn mit forschen Blicken an.

„Wie ich schon sagte …"

Susanna unterbricht ihn: „Ich bin nicht für die Liebe zuständig, sondern für die Lust."

„Lust?", sagt Joseph. „Was ist Lust anderes als Liebe?"

„Papperlapapp. Liebe ist nur eine vergiftete Zutat, eine

Abart der Lust, ein kulturelles, von Menschen kreiertes Anhängsel, überflüssig wie der Blinddarm."

„Das stimmt nicht", protestiert Joseph.

„Woher willst du das wissen? Hast du schon mal geliebt?"

Er überlegt. „Nein, das nicht. Aber Eltern lieben doch ihre Kinder."

„Das ist Fürsorge, Instinkt. Weiter nichts."

Sie lässt sich nach hinten fallen, schaut wie geistesabwesend zur Decke. Sie trägt unter dem Bademantel, der etwas geöffnet ist, seidene Unterwäsche. Da spürt Joseph etwas Fremdes in dem Raum, etwas, das nicht hierher gehört. Etwas, das unangenehm riecht und mächtig ist, mächtig wie eine lebendige Urkraft. Es ist der Wolf. Wie kommt der hierher? Er steht am Eingang und sieht Joseph unruhig an. Er wirkt hungrig und alles andere als friedfertig. Wie auf dem Sprung.

„Tu den weg", sagt Joseph zu Susanna.

Die schaut ihn erstaunt an. „Wen?"

„Na, den Wolf." Er deutet zur Tür.

Susanna richtet sich auf. „Da ist kein Wolf", sagt sie, ohne hinzusehen. Ihr Blick ruht auf Josephs Gesicht, als versuche sie herauszulesen, was in ihm vorgeht.

„Er verfolgt mich. Was kann ich tun, um ihn loszuwerden?" Joseph spürt zum ersten Mal in seinem Leben so etwas wie Verzweiflung.

„Nichts", sagt Susanna. Sie besinnt sich. „Jetzt, wo du ihn herausgelockt hast, wird er für immer bei dir bleiben."

„Das ist ja furchtbar", sagt Joseph.

Sie lacht. „Nein. Je mehr du ihn akzeptierst, umso mehr wird er dein Freund."

„Ich mag keine Wölfe."

„Weil du Angst vor ihnen hast."

„Geh weg", bellt Joseph den Wolf an. Der beobachtet, ruhig geworden, mit einem stolzen, lauernden Blick Joseph.

In Joseph keimt so etwas wie Hoffnung auf: Wenn er den Wolf als Freund gewinnen könnte, würde der ihm nichts tun. Mit veränderter, sanfter Stimme sagt er:

„Wolf, ich weiß, wer du bist und was du willst. Ich akzeptiere dich."

Der Wolf zeigt tatsächlich eine Reaktion: Er senkt den Blick, zieht den Schwanz ein und trottet davon, in die hinterste Ecke. Die Tür ist frei. Joseph geht langsam auf sie zu, behält das Tier im Blick. Öffnet sie. Tritt ins Freie. Atmet die frische Frühlingsluft. Dann hat er es eilig.

Vor seinem Haus stehen drei Feuerwehrwagen. Dazwischen Polizeiautos. Und eine Menge Schaulustiger.

Als er sich ausgewiesen hat, erklärt ihm ein Beamter:

„Wir haben versucht, das Feuer unter Kontrolle zu bekommen, aber wir haben kaum etwas retten können."

DIE AUTOR*INNEN

Ingmar Ackermann

Dr. Ingmar J. Ackermann, Bergliebhaber mit Wahlheimat Köln, Geophysiker mit Liebe zur Sprache und froh darüber, immer noch neugierig zu sein. Nach einer Reise ist immer vor der nächsten Reise, zwischendurch bleibt manchmal Zeit, das Erlebte auch in Worte zu fassen. Daraus entstehen Geschichten über Begegnungen in dieser Welt, fernab von einem Reiseführer (koelnerzeilen.wordpress.com).

Norbert Görg

wurde im Ruhrgebiet geboren, in dem die Menschen eine raue, aber herzliche Sprache sprechen und Fußball mit Leidenschaft gespielt wird. Er wuchs in Duisburg auf und machte seinen Magister in Germanistik und Philosophie in Essen. Schriftsteller wollte er schon als Jugendlicher werden. Seit 1999 lebt er in Köln. Er hat bisher einen Roman veröffentlicht und einige Kurzgeschichten in verschiedenen Anthologien. Der erste Band seines Sachbuches, in dem es darum geht, was uns im Jenseits erwarten könnte, wird voraussichtlich im Herbst 2018 fertiggestellt sein.

Angela Hoptich

erblickte am Niederrhein das Licht der Welt, wurde nach Bayern verschleppt, flüchtete nach Hessen und ließ sich schließlich am Nabel der Welt, in Köln, nieder.

Das Schreiben entdeckte sie erst vor wenigen Jahren für sich. Auf ein Genre möchte sie sich noch nicht festlegen. Ihr Herz schlägt seit ihrer Kindheit für alle Arten der Phantastik, aber auch andere Richtungen wollen noch erprobt werden. Wer neugierig ist, kann hier mehr erfahren: angelahoptich.wordpress.com

Oliver Kreuz

wurde 1970 in Siegen geboren. Als Diplom-Sozialpädagoge ist er beruflich hauptsächlich in der Migrantenhilfe tätig. Oliver Kreuz schreibt seit vielen Jahren Kurzgeschichten. In T. C. Boyle sieht er sein großes Autorenvorbild. Oliver Kreuz ist außerdem Musiker, spielt Gitarre und Schlagzeug und hat diverse Lieder musikalisch und textlich kreiert. Im Oktober 2016 gewann er den ersten Platz beim Kurzgeschichtenwettbewerb „Lesesport".

Anna Rudy

wurde in einem Staat geboren, der nicht mehr existiert, hat in einer Stadt gelebt, die heute einen neuen Namen trägt, studierte Kommunikationsdesign und Philosophie in Deutschland und kann sich mittlerweile als Kölnerin bezeichnen. Zum Schreiben kam sie früh, etwa mit vier Jahren, und seitdem hinterlässt sie auf dem weißen Papier gerne schwarze Krickel, die sie für Buchstaben hält. Sie ist die Autorin von einigen Romanen und Geschichtensammlungen, die sich auf der Suche nach einem passenden Verlag befinden.

Nina Weber

Jahrgang 1969, zog von Krefeld nach Niedersachsen ins Bergische Land. Seit jungen Jahren lebt und arbeitet sie in Köln. Das Schreiben ist seit vielen Jahren ein Hobby, an dem sie besonders das Eintauchen in die Welt der Vorstellung liebt. Sie verfasst Kurzgeschichten und arbeitet derzeit an einem größeren Werk, in dem Pflanzen eine wesentliche Rolle spielen.

Katja Winter

wurde in der DDR geboren und kam neun Jahre nach der Wende nach Bergisch Gladbach, das sie nun als ihr Zuhause bezeichnet. Sie hat in ihren Jugendjahren geschrieben und erst vor kurzem wieder zur Feder gegriffen – als Ausgleich zu ihrem sehr rationalen Beruf in einem Steuerbüro. Beim Lesen liebt sie es, in phantastische Welten abzutauchen und dem Alltag zu entfliehen.

Die Wasser-Anthologie
JAHRHUNDERTFLUT

Wasser ist überlebenswichtig. Doch es besitzt auch eine dunkle Dimension – jene, die nicht nur Umwelt und Leben zerstört, sondern die Untiefen in Herz und Seele aufrührt. Es schickt die Gedanken auf Reisen, entzweit Liebende, verleitet zu unüberlegten Taten, schürt Bruderzwist, dient als letzter Ausweg und zerrt Dinge ans Tageslicht, die lange im Inneren schlummerten. Es berührt Schicksale auf unerwartete Weise. Acht spannende Geschichten erzählen von der Macht des nassen Elements.

Jahrhunderflut
Hochwassergeschichten
aus Köln

von Norbert Görg,
Angela Hoptich, Oliver
Kreuz, Gisela Kruyer,
Sandra Rochaz

192 Seiten, Taschenbuch
und Ebook erhältlich.
ISBN 978-3-74316-180-1

Fehlt deiner Story das passende Cover?

Das Manuskript ist fertig, deine Geschichte spannend, anrührend, humorvoll, gesellschaftskritisch, gruselig, fantastisch – und mit viel Herzblut geschrieben. Nun soll sie ihren Weg zum Leser finden. Ein auffälliges Cover ist ein großer Schritt in diese Richtung.

Maßgeschneiderte Cover

CoverBoost bietet die passende Lösung:
- für jedes Genre sowie Sach- und Fachbuch,
- vom originären PreMade bis zum individuellen Design,
- für Ebook- und Print-Titel,
- nur Cover oder ein komplettes Paket inkl. Werbemittel,
- schlicht oder aufwändig,
- mit eigenen Werken oder zugekauften Bildern.

CoverBoost
www.coverboost.de

Die Liebe ist ein
nie verlöschendes Feuer.

Hildegard von Bingen